The
Art
of

随 性
的 [加] 郁疏 著
艺 术

Being
Carefree

天津出版传媒集团

天津人民出版社

图书在版编目（CIP）数据

随性的艺术 /（加）郁疏著 . — 天津：天津人民出
版社，2023.5
ISBN 978-7-201-19415-8

Ⅰ . ①随… Ⅱ . ①郁… Ⅲ . ①杂文集 – 加拿大 – 现代
Ⅳ . ① I711.65

中国国家版本馆 CIP 数据核字（2023）第 072936 号

随性的艺术
SUIXING DE YISHU

出　　版	天津人民出版社
出 版 人	刘　庆
地　　址	天津市和平区西康路 35 号康岳大厦
邮政编码	300051
邮购电话	（022）23332469
电子信箱	reader@tjrmcbs.com

责任编辑	岳　勇
装帧设计	葛　青

印　　刷	北京联合互通彩色印刷有限公司
经　　销	新华书店
开　　本	880 毫米 ×1230 毫米　1/32
印　　张	6.25
字　　数	150 千字
版次印次	2023 年 5 月第 1 版　　2023 年 5 月第 1 次印刷
定　　价	68.00 元

前言

这本书的完成是非常随性的。

我一直视文学创作为神圣的、高深的行业，是智慧和学识的象征，文学大师的文字往往能牵动人们的情怀和情绪，正因如此，我从不认为自己有这个才能，也从没有想过要去尝试……

直到有一天，我先生带回来一本书，叫《即兴的智慧》，是美国斯坦福的一位女教授帕特里夏·瑞安·麦德森写的。帕特里夏是斯坦福大学戏剧系的教师，负责斯坦福大学工程学院即兴课程的教学工作。

她成立了斯坦福即兴剧团，这个剧团与国际著名即兴团体齐名。帕特里夏用自己20年的教学经验写了这本《即兴的智慧》。书中没有很高深的理论，就像是和学生上课一样缓缓而谈。这本书诞生于斯坦福大学的课堂，然后传至世界各地。

感谢缘分，它今天到达我的手上。

我先生还没开始看，我就这么随意地拿起来看了。看到一半的时候，就有了非常非常强烈的欲望，想把自己的生活经历、人生感悟写下来给亲戚、朋友和所有有缘读到这本书的陌生朋友。

而我真的就这么开始了。没有任何准备、没有任何的构思、没有任何别的想法，就是纯粹地写下我的感受，不顾一切的。

我从书柜里随意找出女儿留下的一个本子，从书桌上拿了一支笔。尝试在上面写些只言片语，我先生问我为什么不直接用电脑写？迟早还得往电脑上搬的。

我说，不是的，我只是在尝试，尝试我到底能写多少，尝试我能坚持多久。现在那个本子能安定我的心，才有写下东西的欲望，就是想到哪里写到哪里，毫不顾忌任何章法。

这可能就是所谓的仪式感吧——写作的仪式感，我用仪式感来给自己打气，做好准备，平静心情，稳定自己。

我先生说我是有仪式感的人，他说我就算是吃一碗面条，也试图铺上桌布，点上蜡烛。我呢，还真的经常这么做。

我和所有的女人一样，喜欢一切浪漫的、小资的东西。我喜欢言情小说，喜欢散文、诗歌，喜欢很多虚无缥缈的，满足心底愿望或者虚荣心的故事。

但是对于创作，却是从来没有过任何想法。就像我喜欢听音乐，却从未想过学任何一种乐器，我有自知之明，作为观众、听众，我是虔诚的，但是作为演奏者，我自认为自己不是那块料。

直到今天这个随性的开始。

目 录

第一章　我的一家 / 01

第二章　上海的生活 / 08

第三章　"铁腐友帮" / 14

第四章　图书馆的童年 / 23

第五章　终生修为 / 30

第六章　君子之修身，内正其心，外塑其容 / 34

第七章　随性的艺术 / 39

第八章　书为吾友 / 45

第九章　"乘兴而来，兴尽而返" / 54

第十章　"二月十九" / 59

第十一章　随性的旅游 / 72

第十二章　旅游和旅行 / 82

第十三章　一次说走就走的旅游 / 95

第十四章　随性是一种生活方式 / 104

第十五章　独处的境界 / 112

第十六章　世界上有一种成功，就是用你喜欢的方式度过一生 / 119

第十七章　欲望决定生活方式 / 123

第十八章　心境和随性生活 / 135

第十九章　咖啡和茶道 / 140

第二十章　陶艺艺术 / 152

第二十一章　烹饪艺术 / 155

第二十二章　街舞——最随性的舞蹈 / 164

第二十三章　葡萄酒文化 / 167

第二十四章　刘哥 / 174

第二十五章　唐飞的故事 / 183

第二十六章　一个有艺术情结的商人 / 188

第一章

我的一家

我觉得自己的经历很简单，但如果要说出来或者写出来，好像又有点复杂。

觉得简单是因为我不认为这一路走过来有什么特别、重大的事值得一说，觉得复杂是确实是经历了许多，比一般人多得多的经历。

大学毕业后我到国内一家大型的国企工作，在我们那个年代，能到这种单位工作，简直是进了保险柜：高薪、工作环境好、有福利房、工作轻松，没有比这个更完美的工作的了。

但是我明白，我那颗心一直在不安分地蠢蠢欲动，想要另外一种生活，想要挑战另外一种生活方式。

后来我移民到加拿大，在加拿大继续上学，学语言，学当时流行的专业，不知道自己想要什么，也好像没有什么定性。

这个和我先生不一样，他一直是锲而不舍地继续他的老本行，大概是他更有养家的压力吧，他没法像我这么随心所欲。事实证明，就是这种从一而终，让他最后能在行业中占有一席之地。

挥霍青春、任性妄为的代价是一事无成，因此之后的许多年里我还是有那么一点点的自卑——在同行、同学面前的自卑。

我先生为了安慰我常常会抚摸我的头说，我有了他就是一份最好的职业，他负责挣钱养家，我负责貌美如花。

多年后有一天我女儿问我，那时候她刚上大学："妈妈，你也是名牌大学毕业，你的工作就是在家里呀？我以后肯定要工作的，做自己感兴趣的工作。"

说实话，当时我还是有点失落和惭愧的。

我女儿大学毕业后，有一天我们又聊到这个问题，她说她觉得我现在挺好的，我问她为什么，她以前可不是这么想的。她说不管什么样的生活，只要你接受了、你喜欢了、你享受了，就是最好、最适合你的。

我不知道她是为了安慰我，还是真的这么想，但是我已经习惯了我目前的生活了，喜欢这种随意的、放松的生活状态。

这件事让我有了很大的感触，人如果从事自己不喜欢的工作，是非常痛苦和难受的，是非常难有成效的，因此在我女儿上大学选择专

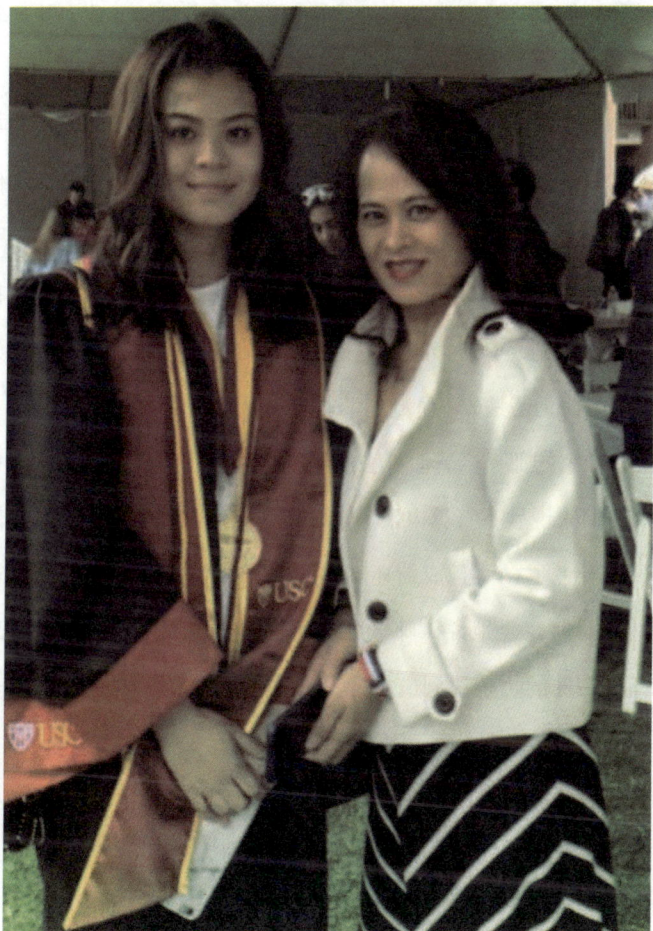

　　2018年，参加女儿本科毕业典礼。小姑娘仅仅用了三年时间修完所有学分，提前了整整一年毕业，而且手握双学位。这个毕业典礼，只有她一个同级的学生，她很开心，对先生说："爸爸，我帮你挣了一年的学杂费，是不是应该把钱给我？"先生说："你不是挣了学杂费，只是省了一年的费用，钱给你就算了，作为奖励，我们可以拿这费用伴你旅游。"于是就有了后面的美加之旅。

业的时候我们只是给她建议，最后她选了自己中意的专业，并且非常享受。

她很享受她的学习和生活，她喜欢读书、喜欢做学问，这和我有区别，我不是很喜欢做学问的，说实在话，我也不知道自己适合做什么，我始终没找到我的兴趣点。

她也会和一般女孩那样喜欢吃喝玩乐，喜欢打扮、喜欢美、喜欢逛街、喜欢歌剧、喜欢摄影，但是长时间的无所事事，太无聊，她觉得是浪费生命，还是放不下她的学业。

大一结束的那一个暑假她去纽约警察局下属的法律援助中心待了两个月，回来说她不打算申请法学院了，我们问她为什么，法学院入学考试已经考了，而且成绩还不错。况且美剧《金牌律师》里面的角色是她的偶像，她说律师事务所的工作和电视上的有很大区别，完全不是一样的，争执到最后，我们只能妥协，她总有办法让我们无法反驳。

大二下半学期她在华盛顿学习和实习，她说很喜欢，喜欢那些同事、喜欢老师、喜欢老板、喜欢那种工作氛围、喜欢那种工作。也是从那时候开始她决定一定要上博士，她说他们办公室里百分九十的人员都是博士毕业的，她喜欢和聪明的人一起工作。

所以有时候改变人的想法的往往就是一段经历或者一个你接触的人。

在华盛顿的学习彻底改变了她。以前那个视金钱为粪土、不食人间烟火、高高在上的小女孩最后也开始接地气地生活了，终于认识到经济基础决定上层建筑的真谛。

经济的拮据终归会制约和束缚人与人之间的交往，阶层的分类很大程度上依赖于金钱，很庸俗，却是事实。

有钱的日子不一定幸福，但是没有钱的日子更难幸福。

我女儿说她喜欢和有知识的人交流。

有一天她和我们聊天的时候她问我们会不会觉得她的心机很重：她喜欢和这些在领域上有成就或者说造诣的人在一起，也从中获益匪浅。她的中文其实不够好，用词可能不太准确，但这是她的原话。先生说不会呀，和导师或者社会上有声望的人士关系好，保持联系，这就是人脉。

我们的生活不是孤立的，我们总要和别人打交道，在这过程中你也许会得到别人的帮助，从他们身上学到很多知识，学业上的、生活上的或者品德上的，这些良好的关系对你的工作、生活有帮助，同时也是别人对你能力和人品的认可，没有什么不好的，她才稍稍宽慰下来。

她现在在斯坦福大学读博士，专业是国际政策。

刚听到那会我会说：啊？政治呀？她说妈妈你不懂别乱说，国际政策不是政治，她研究的是各个国家的环境、文化、风俗、语言和历史对国际关系的影响。她是个非常有想法、心理很成熟的孩子。

她不需要我们的建议，我们只需要倾听就好了。

我女儿18岁到美国上大学，我和先生没有送她去，她自己带了两个大箱子，一个人就去了。自己去学校报到，买手机，开电话卡，开银行户头，找住的地方，搭刚认识的室友的便车去超市买生活用品……

这件事终究成了我心里的一个遗憾，我脑子里经常会浮现一幕：一个18岁的瘦弱小姑娘孤身在异国，吃力地拖着两个大行李箱的背影。所以后来当我听到我的同学和朋友谈论他们全家送孩子上大学的"盛况"时，我常常会心生愧疚。

不过孩子渐渐适应了美国生活，我却再也没有机会去弥补了。虽然她和先生都说这没把这些当一回事，但我偶尔想起这事，眼眶会湿润。

小姑娘，真的很棒。

我和先生是大学同学，他大我两届，比我成熟，很包容我。我是属于理想主义的，他是现实主义的。

我是急急往前冲的，他是在后面死死拽着我的那个人。

我先生是个危机感很强的人，他会经常给我灌输防患于未然的思想，他说这可能与他的职业习惯有关系。

我是属于比较随性的人，先生是理性的人，我们俩经常会因为这个有所争执。有时候我想独自出游，先生会比较紧张，他说我这个人这么随性，一个人出远门会不会找不到回家的路？当然这些都是玩笑话了，他很纵容我，他就是那种把所有事情提前安排好的人，事无巨细。

这点，女儿随他。

在家里，我通常是他俩批评的对象，他俩经常对我洗脑和说教，无奈我是江山易改，本性难移，还是在随性的路上越行越远。

到最后，他们俩认为我朽木不可雕，继续下去，我没有被改造好，他俩反而快被我同化了，只好随我去了，不想再理我。

第二章

上海的生活

2009年底，先生因为工作原因回到国内，我们一家搬回上海。在加拿大，女儿一直上的是法语学校。

到上海后她上的是英文学校，那时候她的英文并不是非常好，开始还是有压力的。

同时她还要继续学小提琴。我们给她到处找小提琴老师，找各种演出练习的机会。我们还给她找到一个学校，周末带她去做义工。

上海对于我们来说，是非常陌生的，我们一家都在慢慢适应这个城市的生活。

那时候的业余时间基本上都是围着孩子在运转，孩子忙，我们也貌似很忙。

我女儿周六去做义工，做义工的地方在闵行区植物园方向，是个残疾孩子的学校，她就是去陪那些孩子做做手工，教教他们画画、认字。

那个学校离家里很远，每个周六下午我和先生把她送到学校，回家是不可能的了，我们会在学校周围买买菜、逛逛商场，等她结束后再一起回家，基本上一个周六就没有了。

后来逛多了，也腻了，我和先生干脆找个咖啡屋，点上一杯咖啡，静静地坐着等女儿，先生当时常感叹，周末比上班还忙、还累。

那时候的朋友大多是孩子学校的妈妈，因为孩子，也因为大家的经历、生活环境都比较相似，话题还是挺多的。加上国际学校的活动比较多，家长的参与和交流也多。

日子一天天这么过，忙碌，也很充实。

几年前的社区中心在虹桥虹梅路附近，也就是涉外学校旁边那栋楼里的一间办公室。

中心那时候还是个公益组织，专门给来上海的外国人提供各种帮助。

刚到上海的外国人，在这里可以获得很多东西：学校信息、医院信息、购物信息、语言培训，在这里他们能够遇到也许是自己本国的人、交到很多朋友，他乡遇故友总会很亲切的。

我虽然是中国人，但这个城市对我来说也是陌生的。中心提供的资源对我也有很大帮助，最重要的是在这里我会遇到和我有一样生活经历的人。人，真的是群体动物，需要朋友间的温暖，需要各种慰藉。

中心也会定期举行聚会，让在上海的外国人互相认识、相互交流。那时候的中心的服务真的很不错。

可惜，后来中心的服务越来越差，免费的东西也越来越少了。这时候我们也熟悉了这个城市的生活，渐渐地去得也少了。

那时候我参加法语口语班，老师都是义工，我们每次去只是象征性地交50元给中心。我的法语回到上海后基本没有机会说，很快就陌生了。在中心，我有机会重拾起，并结交一些朋友。

我就是在那里遇到豆豆、鞠姐姐的。

其实她们俩根本不需要去这个什么法语口语班，她们俩的口语和纯粹的法国人没有什么区别，甚至比教课的老师还要好，她们的先生都是法国人，孩子上的也是法语学校，生活习惯也是法式的。

她们到这里只是想认识一些朋友，聊聊天，分享生活的感受。

我的法语算是比较差的了，尤其是口语，但是我还是喜欢和她们混在一起，大家嘻嘻闹闹，很开心，日子过得也快。

课后，我们经常一起出去吃个饭，或者轮着到谁家一起聚餐。这

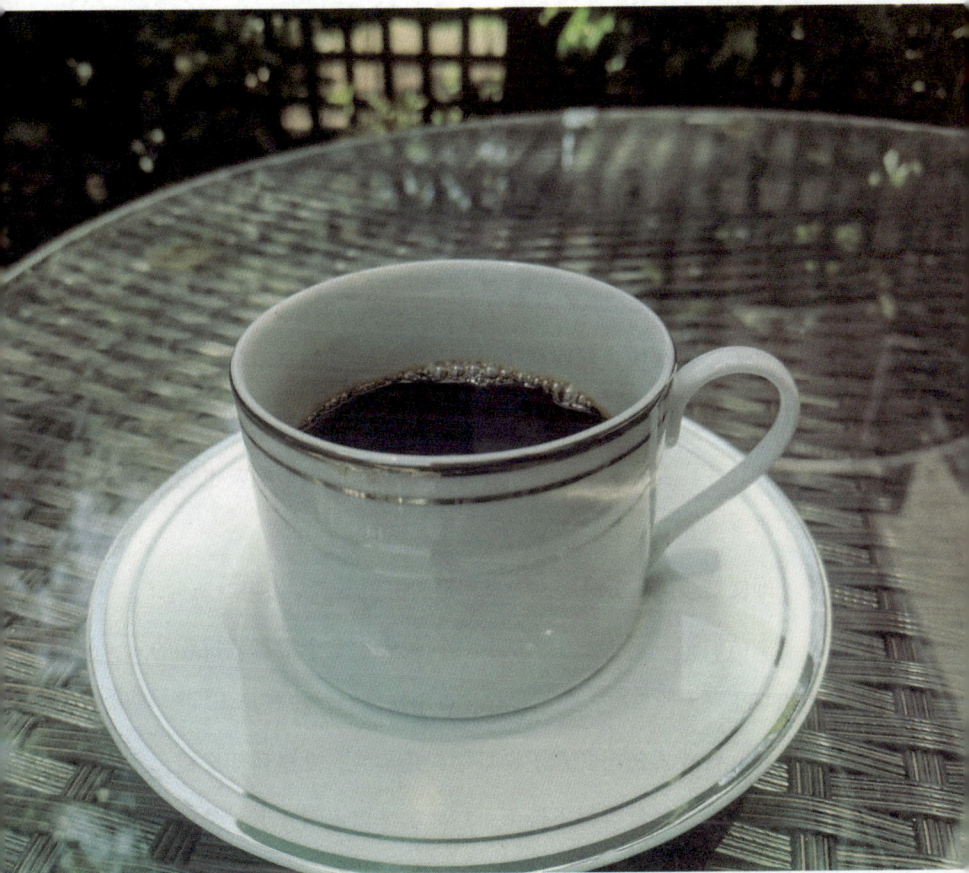

　　第一次听到"清咖"这个词还是回到上海在咖啡店点咖啡。还像以前点单一样叮嘱一句："无糖无奶。"服务员直接来一句："清咖吗？"黑咖啡就黑咖啡，他们说的是"清咖"。小资的上海人把咖啡都喝出了另外一种风味，一个"清"字似乎显示了他们的清冷、与众不同、品质、档次和讲究。

种习惯都是在海外生活过的人特有的，我们都喜欢这种家居生活。

这个班的人来来往往，经常变动，最后老师也走了。也不知道怎么的，我们也没再去中心上法语课。

虽然不去上课了，我、豆豆和鞠姐姐一直没有散掉，反而慢慢延伸出了另外一种玩法，我们后来戏称我们是"铁腐友帮"的元老，"铁腐友帮"就是从我们几个人慢慢发展壮大的，这是后话了。

日子过得很快，转眼孩子就到了该上大学的年纪了，我们又匆匆忙忙地和孩子一起看学校、申请学校、选择学校。

2015年，女儿去美国上大学了，我认识的很多朋友也随着她们的孩子举家离开了上海。

即便是还留在上海的，大家相聚的机会不多，慢慢就疏远了。

生活似乎一下子发生大的变化，我先生是个很有危机感的人，他不想我在家无所事事，先生说你找点事情做吧，我说好。

然后就开了公司，开了咖啡馆，几年后，没挣到什么钱，反而把生活给弄乱了，觉得得不偿失，然后咖啡馆也不开了，公司的业务也处于半停滞状态。

那段时间，我和豆豆她们玩的自然少了许多。

我一直感谢我先生，他对我是很宽容和包容的。不管我做什么，不管结果如何他都无限支持，没有一丝怨言，虽然他会戏说他给我投的钱好歹给他冒一点水花呀。

　　我安慰自己说，人活着就要去尝试不同的东西，这样才能不枉费来人间一回。但我心里明白，我的前半生过得真是失败，有个亲戚说人这辈子总要做点贡献的，或者对社会，或者对家庭，我觉得还得加上一条，对自己。

　　各种经历就好像一个个小插曲，让我转了一圈，生活又回到了原点。

第三章

"铁腐友帮"

我又和豆豆、鞠姐姐她们混在了一起，这时我们都叫自己是"铁腐友帮"的同学，我们这个"铁腐友帮"经过这么多年，已经发展到了9个人。

"铁腐友帮"这个名字，好像是华婧起的，意思是我们有相似的爱好，这个爱好让我们坚固无比，很铁。同时我们爱好吃，有腐败的意思吧，具体是怎么来的，我已经模糊了，大家也弄不清楚了。

"铁腐友帮"有好几个法国人的太太、一个中国人的太太和一个德国人的太太加上我。开始是聚集在一起吃饭、聊天，后来就在一起打打扑克牌。

那时候我们最常去的是豆豆家，她家在我们几家的中间位置，其他后加入的人大部分都是经她引进的，加上她性格非常随意，开始都聚在她家。

豆豆也是个很有故事的女子，我总觉得她的才能被掩盖了。她爱好运动、舞蹈，能喝酒、会跳舞，歌也唱得不错，像蔡琴的嗓子，低沉、沙哑而有魅力。

胭脂酒吧是坐落在外滩5号的一个酒吧，人很多、很热闹。我去过有限的几次也是和豆豆、伊莱娜一起去的，她俩离开上海后，我再也没去过。

豆豆的法语很好，她平时会给人做翻译，后来她又迷上了手工，自己做了很多手工项链、戒指之类的工艺品，周末她经常到集市里摆摊卖她的手工制品。

我不知道她从中能挣到多少钱，但是她乐此不疲。两年前，她先生工作调动，他们一家搬到了越南的胡志明市，她的手工艺品还继续在越南发扬光大，听说市场反响还不错。

我们说她就是一朵野花，到哪里都能开花。

豆豆很会做菜，这方面她是很有天赋的。每次我们约好去她家，也没见她有什么准备，我们到了，她总能信手拈来，随便发挥，总能让我们吃得酒足饭饱，心满意足。

豆豆是川妹子，无辣不欢，她先生的法国胃硬是让她给扳成了中国胃，她那有着中东人面孔的儿子也是超级喜欢吃辣。豆豆的先生非

一首诗，一个故事，一部电影，一本小说，一段话，就能改变一个人的好多习惯，这就是文学的魅力了。而一杯咖啡，让你体会人生百味，享受优雅浪漫。

常爱好烹饪，家里有好多好多的厨房用品，应有尽有，可以开一个小型餐厅了。

她们小区住了很多德法学校的家庭，上海人称它为"德法村"，漫步在她们那个小区，你通常能碰到迎面而来的金发碧眼的外国人，恍惚间好像置身于国外的某个村落。

每个周四是她和鞠姐姐及其他法国人太太的烹饪日，那一天她们会轮流在某一个人家学做菜，再一起品尝菜肴。

豆豆和鞠姐姐一般教其他法国人太太怎么做中餐，当然我们"铁腐友帮"的姐妹们是不参与的，她们是另外一个圈子。

我们"铁腐友帮"的姐妹一个很重要的节目是打牌，就是打我们平常说的"升级"那种。轮到哪位姐妹家，她会准备一些食物，我们其他人也会带些自制的食物。

我们更喜欢自制的食物。大家聚在一起谈天说地、品尝食物。饭后，就是我们的重头戏了——玩牌。我们打牌和别人不一样，我们玩牌没有任何的金钱来往。

我们各家的阿姨始终弄不明白我们这伙人聚在一起，一点金钱交易都没有，怎么能有这么大的劲头玩得热火朝天。那种乐趣，不是身在其中，无论如何是无法感受的。

我们会在各家轮流坐庄，当然这种活动一般都是白天，一到晚上都回家陪家人。

人家说牌桌上没朋友，这句话有道理的，尽管我们没有金钱交易，在玩的过程中也会吵得面红耳赤，心跳加速，血压升高，闹得不可开交。

"你猪呀，我今天怎么遇上了猪队友呀，不怕神一样的对手，就怕遇上猪一样的队友呀！"

"华婧，你这个二百五，你怎么能这样出牌呢？"

"你奸诈狡猾。"

"你钱多人傻。"

"几个老干部在一起都没打过我们，农奴翻身得解放，太爽了，一雪前耻。"

甚至有人会因争执愤然离场。好不热闹。

有时候兴致来了我们也会玩到很晚，到时都会通知家人不用等我们回去用餐。这种偶尔的随性而为的熬夜反而增加我们的兴奋感，大家仿佛回到了大学时代，嘻嘻哈哈、吵吵闹闹，那种感觉妙不可言。

我们的先生都很纵容和支持我们，偶尔我们也会组织先生们和我们一起活动，女人们饭后会开始牌局，男人们会聚在一起喝酒聊天。

她们的先生大部分说的是法语，我先生和他们还是有代沟，所以他和他们在一起聚会的机会没有那么多，谈不上关系非常好。

贝贝的先生后来戏称我们每周一次都是在开董事会，我们这些董事会成员情绪高涨、兢兢业业，比他们上班族男人还要敬业。后来

男人经常挂在嘴里的是，"如果这世上没有了美酒，那生命还有什么意义呢？对于我们来说，如果聚会缺了美食，我们还有相聚的理由吗？"

我们都把我们这个聚会称之为开"董事会"，经常是一呼百应，乐此不疲。

"铁腐友帮"的姐妹们都是吃货，我们每个人都有拿手的几样菜让大伙津津乐道，吃得唇齿生香。

鞠姐姐很会烘焙，她做的蛋糕比外面卖的还好，我们聚会时她通常给我们带自制的糕点。华婧会做中西结合的大餐，她先生更是我们的忠实粉丝，我们有时候玩的太晚，他会给我们带夜宵。

每次我们在她家聚会，她先生会大显身手，给我们做很多美食，不过他们做的大多是西餐，他们做的西餐绝对比外面饭店的要正宗。他们俩是非常热情和大方的。

这些男人都很睿智，平衡工作和家庭的关系，对他们来说太重要了。工作为了赚钱，赚钱为了更好地生活。鱼和熊掌他们都想要。

她先生也很爱好音乐，家里有一套专业的音响。他们夫妇俩很好客，经常周末邀朋呼友，大摆宴席。法国人爱喝酒，他的朋友在他家经常是对着一瓶酒、一包香烟，从中午聊到午夜。

有时候兴致来了，他们打开音乐，唱歌跳舞，豆豆说她实在是佩服他们，哪来这么大的劲头？她通常陪着陪着就要睡着了。

有一阵子，听豆豆说她先生要辞职到泰国和朋友一起开餐厅，豆豆极力反对，她认为先生这种不顾一切的行为太冒险。

她先生说他厌倦了职场，他喜欢烹饪，就想开个餐馆。后来，这个事也不了了之，我不知道是豆豆的反对起了作用还是她先生自己想通，改变了主意。

可能这就是法国人骨子里的慵懒和随性吧，他们会随心选择工作，喜欢轻松自如的生活。有时候他们就是几个朋友在一起，就静静地待着，可以什么都不干，什么都不说。就有这么一些人，能够不受欲望控制，能挣脱财富的桎梏，喜欢追求生活的本质，回归家庭，崇尚自然。

贝贝是江南女子，有着江南女子特有的婉约和细腻。她聪明，同时又很霸气，她先生也是法国人，对她言听计从。她有两个帅气的儿子，在家就是个女皇，三个男人宠着她。

她先生说她是他的皇后，皇后的话就是圣旨。我们经常向她取经，怎么才能练成她那样的御夫术。贝贝身材高挑，气质很好，很会穿搭。她的衣服即便是随意搭配，都很漂亮，穿的衣服都让人赏心悦目。

有一次她陪我去买窗帘，我看见她穿的一件白色蕾丝衣服，问她在哪买的，她说是大学时候的，今天出门，随意拿出来穿了，没想到效果还不错，我觉得她有设计师的潜质，所以老是想怂恿她做些什么。

贝贝以前在职场待过，后来为了照顾家庭在家做全职太太了。她对事物有很多独到的见解，眼光也很犀利，很有主见。

她先生也是外企高管，听得多了，见得多了，对很多事情的见解都一针见血。这是个非常有慧气的女子，能伸能屈，上得了厅堂，下得了厨房，说的就是她这种女人。

我常常想，这种女子，给她机会，必有一番作为，现在却能为了家庭，甘愿洗手做羹汤。

有时候临时起意，我们会相约一起出去喝咖啡，逛逛街，去酒吧听听歌。

后来，贝贝随先生搬到了美国，豆豆随先生搬到了越南，华婧和郁姐姐也回到了法国，鞠姐姐、贾声和姚馨的孩子也回法国和德国上学了，她们经常去陪孩子，也经常出游，人数逐渐聚不齐了，我们这个持续了几年的活动慢慢就变得没有以前频繁了。

但那段随意的日子却让我们怀念不已。

同时也让我更深入体会到时光一去不复返，跟随本心，专注眼前，活在当下就是最好的。

所谓天下没有不散的宴席，正如不能阻挡时间的流逝一样，我们不能阻挡离别和分离，但是隔绝我们的只是距离，永远留在心中的是友谊。

第四章

图书馆的童年

　　我先生工作还在上海，我还在上海。但是越来越喜欢待在家里看看书、听听音乐、弄弄花草、做做美食了。

　　就像苏画说的，没有兴趣去结交新的朋友。

　　先生和女儿做事情非常有计划，事事都要提前安排好。尤其是女儿，会提前把日常日程安排得井井有条，认为没有提前做计划会浪费时间，她不喜欢临时起意这种事。

　　我觉得他们活得太累，他们觉得我太懒散、漫不经心。

　　我和他俩经常不在一个磁场上，这让我先生特别无语，我们经常会因为这个问题有争执。但最后我还是那个随性而为的样子，他们还是按计划严谨的活法，谁都没能改变得了谁。

　　《即兴的智慧》是先生拿回来给我看的，我觉得他可能会有些后悔，因为这本书给我带来的最大好处是我给自己的随性行为找到了一个强有力的说辞。

　　以前我在先生和女儿面前是自卑的，我的随性行为经常会给他们带来许多不必要的麻烦，我也常常反省是不是自己真的不靠谱。

　　但我们的生活为什么什么事都要一板一眼、循规蹈矩呢？给自己一些惊喜，给自己一些空间自由发挥也是不错的。

　　当然，工作和生活中有计划做事还是占主流的，它让我们目标明确、事半功倍，减少犯错的可能性。尤其是工作中，和别人合作的时候，提前规划是对别人的负责。

　　生活中太多的变数了，不是每件事都能按照我们事先排练好的方向发展。

　　只要不影响别人，听从内心，顺应自然规律，随性而为也不失为一种智慧的选择。

　　随性的态度不应该作为一种缺陷被指责。

　　工作压力太大了，生活中烦心的事多了，可以偶尔放下负担，随性生活，放松一下自己。

　　随性而为会使我们激发自己的潜能，找到自己的兴趣点，会让你心生喜悦，肆意生活。

　　往往就是因为这种率性行为让你得到意想不到的效果，很多发明

耐得住寂寞,享受得了繁华,人生苦恼多自寻,何必苦苦纠结?

创造都是在不经意间被发明或发现的，有时候跳出条条框框，更能丰富我们的想象力，激发我们的创造力。

所有人都能遵循自己的本心生活，不做作、不压抑、不勉强、不强加、不诋毁。

这才是我们追寻的最终目标：尊重生命，回归人性，随性生活。

我很感激我女儿小时候能够在相对宽松自由的环境接受最基本的、最基础的教育。

尽管她认为自己缺乏创造力，她还是很有自己的思想、自己的主见，她知道自己要什么、有什么，并为她的目标去努力学习和工作。

在加拿大的时候，我和先生都在求学，孩子还小，经济不宽裕，自然是无法请人照顾孩子的。

我们通常把年仅5岁的孩子放在社区图书馆。

图书馆地下一层是给儿童的，那里有很多书、很多玩具，每天定期也有活动。我们会给孩子带上午餐，一般是一个三明治，然后就拜托图书馆管理员关照孩子。

那里也会有和我女儿一样父母无法照顾的孩子被放在那里的，也有家长带着孩子在那里看书、上课的；有些时候还会有些上了年纪的人在那里找孩子说话的；也会有义工到那里照看孩子的 。图书馆里面有直饮水，冬天有暖气、夏天有空调，条件自然是挺好的。

我女儿就在那里一待就一天，她和小朋友一起玩、一起看书、一起做手工、一起玩玩具、一起参加活动。有时候还会跟着义工到图书馆外面的公园玩。

晚上我们接她回来，就会听她描述一天的活动，也会有不愉快的时候，比如说和小朋友打架了呀、碰到不开心的事了呀、摔伤了呀。但是我们、孩子、图书馆管理员都没有把这种小插曲当作什么大事来看待。

我女儿可以说是抱着书在图书馆和小朋友一起长大的，就是在这段日子里，她无拘无束，完全释放天性，没有引导她去做什么，所有事情靠她自己去解决，她有需要可以找图书管理员，可以找其他家长，可以找义工。

这段特殊的经历让她养成了爱看书的好习惯，她长大后写作能力很强，查询能力和处理问题的能力很强，都得益于这一段经历。

她上大学后，我们还曾经回到这个图书馆去看望那些图书馆管理员，感谢那个给了她温暖的图书馆，还在那里工作的图书馆管理员对她竟然还有印象。

我女儿现在思想非常成熟，生活能力很强，学习很刻苦，非常独立。我想和她童年在图书馆的经历有着不可分割的关系。无论如何，她是个爱阅读的孩子，是上进的孩子。

现在出门，她还会经常在包里放一本书，一有空就会拿出来阅读。

和她一样以图书馆为家的小朋友很多，就算是有些是参加托班的孩子，管理员也会和孩子玩，没有很多的拘束。

所以很多时候在加拿大公园里会看见一群一群的孩子在活动，但基本上都是体育活动，踢足球、打棒球、溜冰、做游戏……都说体育会激发孩子的创造力，应该是有道理的吧。

很少有孩子会一整天关在屋子里上文化课的，更多的是让孩子自由创造。好的教育制度不仅要关注孩子的学业，更应该关注孩子的品德。

我年少时候有一阵子迷上了琼瑶的小说，倒不是因为言情小说的内容，让我不可自拔的是琼瑶的文笔，琼瑶对于诗词的运用实在是炉火纯青、游刃有余，简直是登峰造极，让人拍案叫绝。

虽然喜爱，我却对自己没有什么自信，何况我们那个年代，读书、考试、上大学才是正道。数理化在父母、老师、亲戚朋友面前比写作重要多了。

我们那个时候也没有自己的想法，随波逐流，也不敢有自己的想法，我们没有选择的余地。

在中考的时候，自己鬼使神差的数学竟然考了个满分。高中分文理班的时候，教导主任特意和我谈了一次话。最终，稀里糊涂地，我大学就上了理科，事实证明那真的是一次错误的选择。

我也很羡慕那些能出口成章的人。

羡慕他们的才华，羡慕他们满腹经纶。少年时候特别喜欢宋词，特别是李清照和陆游的词，总能从他们的词里感受到那个时代的人的情感、生活和他们的经历，对那些辞藻爱不释手。

那时候住校，晚上宿舍灯关了后，就常常打开手电筒，钻进被子里看这些诗词，当时的条件自然是不如现在的，没有网络、没有手机，所有知识来源都是书本。

金庸、古龙的武侠小说，是我们那一代人的精神食粮，许多梦想、许多抱负都会寄托在这些书上。

对父母、老师的顺从是我们的优良品质。

所以当我女儿要换专业的时候，我是支持她的。遵循内心的想法，选择自己喜欢的专业和工作，能够按自己喜欢的方式生活是一件非常幸福的事了。

第五章

终生修为

随性不是随便，它也是有条件的。许多人都说自己是随性之人，做事不计前因后果，不客观对待事物，不顾他人感受，其实这不是随性，这是随便。随便的人让人很讨厌，做事不计后果，不考虑别人的感受，有些是以伤害他人来满足自己的需求，或者说伤害了他人还不自知，这种人其实是非常自私的，他们往往只考虑自己，丝毫不考虑是否对他人有影响。

这种人言语上把你伤害了，还会冠冕堂皇地说，他的性格就是这么直率，叫你不要介意。这时你真是哑巴吃黄连，有苦说不出。不原谅他吧，好像是你不够大度，斤斤计较，这种无心的话语也放在心上。原谅他吗，只有天知、地知，还有你自己知道他的话伤害你有多深。你只有默默地吞下他对你造成的伤害。

最可恶的是，这个人还会说他是为了你好，因为是朋友、亲戚和家人才对你说心里话。这种所谓真性情的人真的是很虚伪的。我们往往对于这种人奈何不了，但是伤害了就是伤害了，哪来这么多的借口、这么多的托词呢？

如果我们都在容忍这种人，无形中都在纵容他的所作所为，他会更加嚣张，一而再，再而三，变本加厉，无所顾忌。

有位主持人，她有篇很著名的演讲稿叫"你满嘴是爱，却面目狰狞"，说的就是这种以爱的名义肆意伤害别人，甚至是亲人、孩子的人。殊不知，这种以爱的名义对心灵的创伤也许会伴随一个人的一生。

我不欣赏那些刻板的人，他们的生活没有情趣，寡然无味。但是我更加厌恶以随性为借口伤害别人的人。这种人，经常以过来人的身份，打着为了你好的旗号，以批判者自居，站在道德制高点，对你指手画脚，妄加评论，进行道德绑架，毫不顾忌你的感受。这种人，你无法改变他，那就远离他，避免他的负能量波及无辜的你。这种人，是情商非常低的一类人。

喜欢出口伤人，口无遮拦，这本身就是不尊重他人，就是一个人的素质问题。当然这个和对付不良行为的义正言辞是不同的概念。

以前在一本书上读到过一句话："我们需要用行动赢得朋友，却

　　夏天的加拿大美得不真实，渥太华国会山庄后面的里多运河冰块消融，天蓝水清。沿着河边散步，欣赏着两岸精美的建筑，看着那些游艇、船只过五关斩六将穿过闸口，终于冲到在河上航行，感受宁静秀美，也是无限惬意。

常常用言语制造敌人。"

有人说：外柔内柔，人欺之；外刚内柔，人轻之；外刚内刚，人毁之；外柔内刚，人敬之。

管好自己的嘴，不随意评价他人，不用语言伤害他人，是一个人终生的修为。

所以说素质和教养这种东西，真的和金钱、地位没有什么关系。它是文化、道德的修养，是社会影响、家庭教育、学校教育、个人修养的结果，是一个人的行为道德标准。

第六章

君子之修身，内正其心，外塑其容

　　随性也不是放纵，不是自己懒惰、自甘堕落的借口。前阵子看了一个新闻，大概是说一个原来很清纯漂亮的女大学生，结婚生了孩子后一直在家带孩子，后来她的丈夫说要和她离婚。她哭诉着一切，我们也为她打抱不平，遇上渣男了。直到最后我看见了她的真容，才发现一切皆有因果。

　　原本这么一位清秀美貌的小姑娘，竟然在短短一两年的时间里猛增了80多斤，从一个邻家小妹变成了腰粗膀圆的大妈，不修边幅，邋里邋遢，满嘴的粗言粗语。我不禁感叹，时光怎么能这么快地改变一个人啊。

　　我终于明白难怪丈夫要和她离婚。他心中的女神变得太快了，快

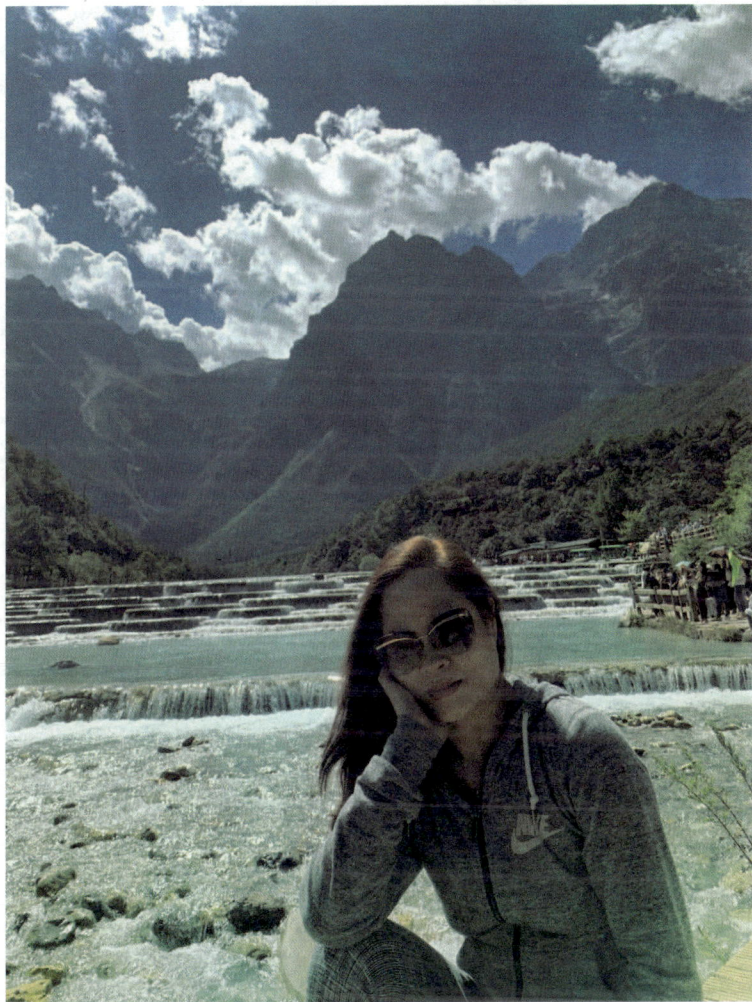

"林花谢了春红，太匆匆。"冉冉尘世，长留心中。

得他都没办法适应。

我不是说她丈夫的做法是对的，无论从道德、情感、责任来说男方确实是很不地道。但是请问女生，这件事情发展到这地步，女生没有一丁点的责任吗？一个人如果连自己都不爱惜，如何能爱惜自己的爱人和家人。放纵的结果只会让自己失去更多。就像杨澜说的，没有人有耐心去透过你邋遢的外表来发掘你美丽的心灵。

我记得在一个健身俱乐部看到这么一句广告词：你身上的每一寸肥肉都是你对生活的妥协。我是很赞同这种观点的。我们没有办法改变自然规律在我们自己身上留下的痕迹，但我们可以尽可能地去减缓这种情况加速变化，而不是自暴自弃，找各种借口放纵自己变得惨不忍睹。

我在一个健身俱乐部碰到一个女孩，儿子3岁了。生孩子胖了60斤，在俱乐部里健身1年，减了30斤。她的目标是还要再减20斤。那是一个很阳光的女孩，开朗、乐观、有毅力。

我对她表示赞赏，她说不减不行了，去幼儿园接孩子，孩子都嫌弃，不愿让她去接，说同学笑话。这话听着可能有些夸张，但最起码她有这种控制的意识，努力去想把自己变得更好。

有心，尽力，就是生活的态度。

都说女人是家里的风景线，女人和家里清爽、干净，就是家里最好的风水。

看过一段话，说的是20岁活青春，30岁活韵味，40岁活智慧，50

再也找不到像上海一样的城市了，自由自在行走在这座令人迷恋的都市，感恩生命的美好。即便无可奈何花落去，桃花依旧笑春风，是谁发明这个词呢？"中年少女"，貌为之命，心如豆蔻。

岁活坦然，60岁活轻松，70岁就成无价之宝了。

不要太早放弃自己，你的心态决定了你的生活方式。

心理学家说，有些人的心理危机来自于对自身的过早放弃，我们很多人的放弃就是从自我轻视开始的。

欧阳修《左氏辨》说："君子之修身，内正其心，外正其容。"

所以一个人的外在仪表是君子的最直观的表现。内在品质和外在言行的修养，往往不是孤立的，两者没有先后轻重之分。我们常常从书里读到一些名人的事迹，他们不论生活多艰苦、环境多恶劣，都能从从容容，把自己和家里收拾得干干净净，清清爽爽。外正其容，是对别人的尊重也是对自己的尊重。

我就很欣赏那些老来优雅的老年人，他们出门会把自己收拾得干干净净，穿上合身的服装，头发做的美美的，有时还涂上口红、指甲油，非常热爱生活和享受生活。这就是一种生活的态度，让自己舒心，别人看着爽心是一个人最基本的素养。

第七章

随性的艺术

有一次我和先生坐高铁去济南，正好碰上那天京沪线大堵车。高铁在路上耽误了不少时间，时间长了，心情不免烦躁。

中途上了一男一女，就坐在我们后面的座位上。一上车，就听女的大声地打电话给她的员工，不停地打，很烦。这声音，这调调，像极了我认识的一位大姐，就是那种没有坏心眼，但是超级热心、超级能说的那种，简直太像了。

我和先生打赌，这个人是什么样的人，借着上卫生间的机会，我看了一眼，回来对先生眨眨眼，他也意味深长地笑了。我们俩都明白，接下来的旅途不会再有安静的时刻。

很神奇的，我突然就不觉得烦躁了。大概是我发现，情况就是这样，无论如何我都没有办法改变现状，高铁不会开得快一些，那位大姐也不可能不说话，我内心可能无意识地接受这个结果了吧，随遇而安吧，反而轻松了。

我的心情奇迹般地竟然好起来了。我拿出随身带的耳塞，塞住耳朵，能听见声音，但已经不觉得聒噪了。应该是心境发生了变化吧。我似乎也明白了一个道理，左右你的心情、你的情绪的往往不是外在的环境，你的心境掌控着你的一切。

我拿出王安忆的《寻找上海》，静下心阅读，一直到高铁抵达济南。

王安忆年少时候住在上海淮海路一个弄堂里。那个弄堂里住了两个大家庭。一个是医生家族，另外一个是当时著名的绸布行业的业主。这两个家庭平时鲜少和他们来往，主人很少露面，但是穿着得体、大方，态度和蔼，语气平和，孩子时尚，有文化，骄傲，神采飞扬，但并不飞扬跋扈。

特殊时期，这两个家庭都遭到了抄家。他们的生活一下子发生了巨大的变化，那些养尊处优的太太、小姐，意气风发的老爷、少爷一下子处境就不好了，他们不再衣食无忧，他们必须节衣缩食，外出打工，甚至遭受凌辱批斗。

医生家的那位新媳妇，美丽、娇贵，从未工作过，从小过着锦

　　植物扎根大地，不能自由移动，却春去秋来，生生世世；动物能在广阔天地奔跑，自由恣意，却有寿命之限。可见造物主是公平的，万事不可两全，随性就好。

衣玉食的生活。在大难来临的时候，放下架子，外出工作，担起了家庭重担，即便是需要变卖家产度日，家里的男主人被迫害的情况下，还是非常平静地挑起家庭的大梁。

绸布业主家的女主人，在这样动乱的日子里，依旧很安详，正常进行一日三餐，在监视下淘米做饭，不慌不忙、不卑不亢，衣着整洁，除了神情比以往严肃，没有多大改变，没有灰心，没有沮丧。

整条弄堂的孩子不再喧闹，大人们不再互相串门，紧张的气氛弥漫着整条街道。大家都在揣测这两家大户人家的日子该会过的有多惨。让他们吃惊的是，这两家大户家庭以他们意想不到的平静来接受世事的变化。

王安忆称他们为上海的布尔乔亚（资产阶级），大户人家的子女在惨遭家变时表现出了大家族的气节，可以同甘，也可以共苦，祸福共享，矢志不渝。

这个故事更是让我对随性有了更深的理解。

随性是遵循本心、不计得失，追求自己想要的生活的一种生活方式、生活态度。但是处事不惊，顺应环境变化，以平和的心态接受意想不到的变化是不是有更深层次的意义呢？

我们对于贵族的认识一直存在两个歧义：一是非富不贵，二是成为贬义词。

事实上富和贵是两回事，富是物质上的，贵却是精神上的。有钱

　　先生说他每天跑步的后一段时刻，脑子是放空的、无意识的，脚步是机械移动的，整个人像被洗刷了一样，和自然融为一体，就是这段时间让他爱上了这项运动。我似乎理解了有些人对于禅修、打坐的热爱了，那应该是在对自己心灵的重新审视。

人并不等于贵族。只有物质和精神上都是贵族的才是豪门。

孔子说："富与贵，是人之所欲也；不以其道得之，不处也。"

很多人对于名媛、绅士的第一感觉就是家中有矿，有权有势。但是绅士、名媛最基本的特质是他们的精神气质。无论是贫穷落魄还是得势时候所表现出来的生活态度和生活方式。

这种生活态度让人在任何不测的情况下，都能保持完整的人性，不骄不躁、不卑不亢。大家庭的子女在逆境中顺应环境，宠辱不惊、自强不息，正是他们家族最耀眼的地方，这种家族传承，就是贵族气节吧。

贵族特性最基本的一点是低调，不飞扬跋扈，能抵制物质的诱惑，不以享乐为目的。

第二是文化教养，他们都有着较高的学识和修养。宠辱不惊，不以物喜，不以己悲。

第三是有社会担当，他们是强势文化的共同体，但是有扶持弱势文化的责任和担当。

他们有自由的灵魂和独立的意识。只要心灵自由了，就算身体受到外界条件的制约，一样可以随性、恣意地生活。

顺应形势，坦然接受并努力去适应环境，这种生活态度，就达到了一种境界了，就变成一门哲学。它耐人寻味，值得人深思、琢磨和品味，这就是随性的艺术。

第八章

书为吾友

我见过很多老人都会在他们的包包里放一本书，一本书就能过一天。你会经常看到这么一幕，地铁上、公园里、家里、商场里，许多人在安安静静地看书，非常平和。所以欧美很多国家的人遇到飞机晚点，排队人多拥挤，办事不利，也能保持平静，不急不躁，不吵不闹。

这些父母从小就用书当作玩具给孩子，当作礼物送给孩子，学校一直培养孩子的阅读习惯。整个社会好像没有被手机包围，书始终是孩子一辈子的挚友。

正是因为有了书的陪伴，他们不会时刻需要别人的陪伴，不需要朋友、亲戚、子女的时刻关注，不会刻意去寻找同伴，不需要用热闹来填补空虚，尽管身体不再年轻，心却始终是满足的。

科技进步了，我们的生活比以往更加便捷，更加高效。手机、电脑、电视、网络太发达了，发达到我们不需要书，不需要阅读或者说腾不出时间和空间给阅读了。我们更加依赖这种快餐文化。需要静下心，慢慢品味的习惯早已经被抛弃了。

有哲人说床是用来安放身体的，书是用来安慰灵魂的。

我就希望，当我雪鬓霜鬟，在大雪纷飞的夜晚，点亮一盏灯，裹着披肩，在熊熊燃烧的壁炉前，桌子上还有一杯冒着热气的茶或者咖啡，静静地阅读一本书。那种岁月静好，书为吾友的意境该是多么地诱人，令人向往。

中国近代有过好几位女士被社会尊称为先生。

杨绛、叶嘉莹、冰心、林徽因、张充和、冯沅君、骆玉笙，她们被世人尊称为先生，除了她们的学识、修养和社会贡献让我们钦佩外，与她们随性的生活态度、生活方式有着莫大的关系。

这些知性女子，谦逊、宁和、淡泊、质朴，享受在孤独中沉思。她们给我们呈现的是身处顺境谦逊平和，身处逆境坦然自若的自身修养和人格魅力。

先生是人们对德高望重的人的尊称，德高望重者首先是品德高尚，其次才是他的贡献和名声。

说起书，我很少买书。我先生不一样，他喜欢买。有一阵子，买了很多《论语》《三字经》之类的书，过一阵子又买些文学名著，再过一阵子又买些哲学类的或者散文类的。反正我不买，他买回来，我随手就拿来看。所以我家里的书大多是他和女儿买的，但大多是我看的。他和我不一样，我是精读，他是"抓读"。我之所以说他是"抓读"，是因为一本书，他往往只读一部分甚至一章，就不再读了。

我很不理解他的做法。

他买回一本有关为人处世的书，过了几个月，我无意中问他是否读了这本书，他说读了，我说我没看见你什么时候读的呀。他回答说他没读完，但是他已经领略到了这本书的精髓了，所以不需要继续读了。

我彻底被他的理论打败了。

我呢，会随手挑上一本，也不管是什么书，尽量把它读完，我相信他们买的书没有特别差的，总会让你从中感受到、学到一些东西，领悟到一些智慧。我往往会先泡上一壶茶，放上一些点心。有时候还会打开音乐。他就不会，他只会窝在沙发上乱翻或者出差途中翻看。他的心境和我不一样。

我有时候是追求仪式感的，生活也需要仪式感，仪式感往往体现了你对事情的尊重，也是让自己做好准备，进入状态前的一种平心静气。

法国童话《小王子》是这么描述仪式感的：仪式感就是使某一天与其他日子不同，使某一刻与其他时刻不同。中国人向来注重仪式感，婚丧嫁娶，这些仪式感是有意为之的，用这种仪式感来纪念值得祝贺的、值得记住的日子。

仪式感是内心情感表现最直接的方式，我们经常用仪式感来提醒自己某件事情开始了。

但偶尔为之的仪式感更加让人心悸，当我们自然而然遵循本心，用随性的仪式感来创造惊喜：一段旅途，一段对话，或者一件微小的事情。这时候的仪式感让人更加动心了。

偶尔给自己买束鲜花，心情好的时候去看场电影，心血来潮叫上一两个好友出来喝杯咖啡，给爱人说一句暖心的话，给他准备一份小礼物，或者哪天兴致来了做一顿西餐，倒上两杯葡萄酒，放上音乐，这种随性的安排应该更能打动朋友、爱人的心，让我们的生活有更多的激情吧。

如果你的生活一成不变，年复一年，日复一日，犹如一潭死水，毫无新意，那么你就尝试着改变一下状况，多一些随性的活动，让自己的生活多一些色彩。

我家厨房在一楼，是开放式的。厨房、饭厅、客厅是连通的，宽敞明亮，厨房前面是中岛，摆了两张吧台椅。这个中岛是家里利用率最高的地方。

只有我和先生在家的时候，我们不在饭厅吃饭，都在中岛吃饭。我做饭的时候，先生就坐在中岛刷刷手机，和我说说话，很温馨。这时候做饭就不是很辛苦的事了，反而是非常愉悦的了。一边是人间烟火，一边是温情浪漫，美食始终是我家温暖的主题。

先生也喜欢在中岛开电话会议、回邮件、看书。我现在写作，都是在中岛，旁边摆着茶具。女儿回家，也经常在中岛一边看电脑，一面和我聊天，她想独处的时候，就窝在自己的房间，在床上看电脑。

有客人来了，大家也经常围着中岛，吃着食物，喝着酒水，聊聊天，很随意。

我家厨房兼具有饭厅、客厅和娱乐厅的功能了。

二楼的书房反而没有人去了。

先生后来说要不把书房的书桌搬到楼下算了，还不如把书房给我当衣帽间。

所以并不是所有事情都朝着我们设想的方向发展，只要你觉得方便、舒服，那种方式就是最适合你的。

　　我家地下室有个斯诺克球桌，闲暇时候我和先生都会去玩两把。正如女儿的座右铭：努力工作，尽情享受。

有一天我挑上了《哲学简史》，这是女儿叫我先生买的，她强烈推荐我们看。这本书实在有点难，因为书本来就是译本，书中牵涉的内容太多，许多西方历史故事、宗教故事、哲学故事，加上人名、地名，都是我很陌生的领域，文学的、历史的、数学的、天文学的、哲学的，太丰富了。

所以我读得非常缓慢，阅读过程中还得不停查资料，查找解释，查找相关的前前后后。往往是看到后面，前面又忘了，还得回头翻页。读这本苦涩难懂的书真是费尽脑细胞呀。

但慢慢读下来，了解哲学的来源和发展以及对人类发展做出的贡献，对作者有这么高深渊博的知识忍不住赞叹。当时我就有种冲动，想到那个古老的文明古国去膜拜，去感受这些伟大先知留下来的痕迹，去瞻仰那个世纪的繁华。

后来，就有了一段随性的文化之旅。

读这本书实在不轻松，没有办法一口气读完，所以时不时同时阅读其他轻松愉快的书籍或者看一些轻松的电影。阅读过程中，才发现，原来自己的知识这么贫乏，太多的地方、太多的风景、太多的风俗想要去体验。书中有许多吸引我的地方，一段故事、一个地方、一个人物、一段历史，都会让我心生向往。

如果没有办法去远方，那就读书吧，古人不是说了吗，书中自有颜如玉，书中自有黄金屋。书总会给你带来希望和蔚藉的。

我和先生重新开始阅读其实是女儿的功劳。我们有很长一段时间懈怠了。她有一天直接和先生说："爸爸，我觉得你刷手机太多了，读书太少，你这样很没文化的，你要是不知道读什么，我可以推荐给你们。"

我们俩都觉得汗颜，忙忙碌碌的生活已经把我们改变了，变得太平凡和庸俗了。

读书它真的能拯救生命，拯救灵魂。我的妹妹前两年遇到人生中的一个大变故。那段时间她非常消沉，精神非常差，非常烦躁，生无可恋，曾经一度要结束自己的生命。我也不知道怎么去安慰和开导她。这种事情，只有当事人才有切身体会，他人无论如何都不能体会她那种痛苦，都没有办法去疏导她。我只能祈求上天保佑她，让她渡过难关。

但是半年后，她奇迹般恢复过来，让所有人都惊叹不已。

后来我知道，在那段最灰暗的日子里，支撑她度过难关的就是每天大幅度的跑步和大量的阅读。大汗淋漓的过程中，把压力释放，把情绪调整，头脑放空。阅读让她视野开阔，打开思路，汲取智慧，不让自己钻进牛角尖，走向绝路。

我由衷地感谢她的坚强，感谢她给自己找到一个智慧的方法，忘掉过去，展望未来。都说音乐是人一辈子的伴侣，书籍更是一个人一辈子的挚友。

所以无须刻意，你只需要随性拿起一本书，即便再枯燥无味，再忙再累，也尽量尝试去阅读。都说爱读书的女子最知性，充满书卷味。好书里我们得到的是作者总结出来的生活真谛和人生感悟。

当我老了，能有一杯清茶，一本好书，一个爱人，没有干扰，享受岁月静好。当我不能远行了，还能从文字中总能找到自己向往的安宁，回味那份从容和潇洒。

第九章

"乘兴而来，兴尽而返"

在《晋书》中记载了王徽之的一则故事。大概说有一天王徽之自得其乐的时候想起了好友戴逵。于是便划了一晚上的船，早上到了好友家附近。但是到了门口以后，他没有进去，直接转头划走了。有人问起这事，他说："我本来就是一时兴起，现在兴致没有了，当然应该回去，何必一定要见着戴逵呢？"

有时候还是会怀念以前的生活，高科技方便了我们的生活，但也竖起了一堵墙，阻碍了我们的交流和沟通。

那时候刚刚工作，都住在公司的大院里。公司的院很大，设施齐全，其实就像是个封闭的小社会了。可以不出大院，生活无忧。幼儿园、学校、公园、游泳池、俱乐部、菜场、小卖部、医院、球场……

居住在里面非常安全。住在那里的都是同事，不管相互之间是不是认识，总能扯出一些关系，或者工作，或者生活，或者孩子，甚至是老人的。所以住户不管有什么行为都不会太出格，因为一旦有事，传遍大院，丢不起这个人。

吃过晚饭，孩子会到小公园找小伙伴，老人会去找他们的朋友，也不用担心孩子的安全。到楼下散步，总能遇到一两个同事，便倚在墙边聊起来了，聊得兴起，便会到小卖部买些啤酒、一些花生米，到公园的椅子上继续。然后就不断有认识的同学、同事加入阵营，那架势，像开个小型聚会了，又或者乘着酒意，大伙起哄，一群人兴高采烈到大门门口的大排档来些烤串，要不就到歌厅吼几嗓子。

我先生就会和他的哥们去台球室打台球，他说他的球技就是那时候练成的，至于打台球发生的故事，那太精彩，太长了，有机会再写出来。

我们也有散步的时候，路过朋友家，也没有打招呼，直接按了门铃，就进去做客了。也不需要特别的准备，大家就喝喝茶、说说话，或者打牌，打麻将。对于不请而来的客人，没有人觉得突兀，或者有什么不妥，也不讲究家里是否杂乱，有没有待客的点心、水果。

我们那时候条件也好，每个职工都有住房。未婚的，有单身公寓，只要结婚的，都有三室两厅的房子，公司内部价格买的，不贵。

先生年轻时候是比较活络的，朋友也多，那时候家里刚添置了一

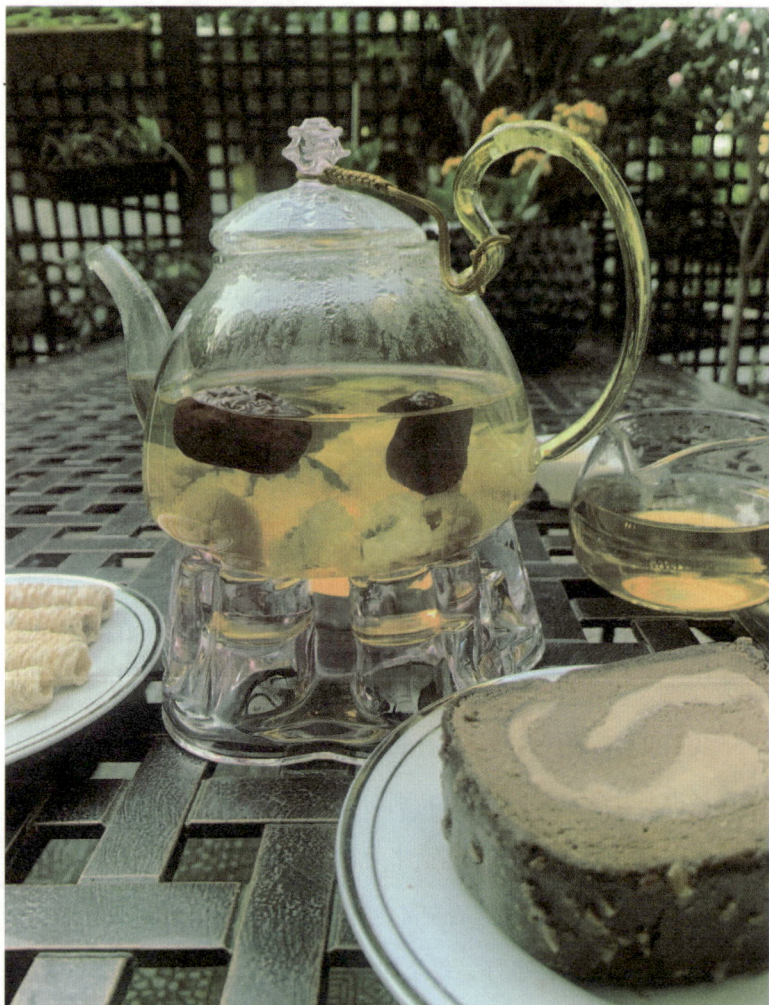

甜点绝对是巧克力的双生花，失恋的女生用巧克力疗伤，而甜点一定是女生聚会的主角。

套音响，晚上总会有同事、同学、朋友过来欣赏音乐，有时候把孩子也带来了，大人在客厅说话，孩子在房间玩，真是热闹。

南方的夜生活很丰富，这与南方人这种随性的性格有很大关系，公司也有北方来的职工，久而久之，潜移默化，他们也融入了这种生活模式。

我更喜欢在南方过年、过节，比较随意。你永远不会提前知道每一天的内容。我先生家乡就不一样了，你早就知道或者说今年就知道明年过年的内容。每一天吃什么菜，见什么人，说什么话，干什么事，什么时候结束，什么时候开始，每一次都一样，没有任何变化、任何惊喜。

我父母年轻时候非常好客。父亲那时候烟抽的多，尤其爱喝茶。父亲家庭成分高，尽管家道没落，但还保留着过去的习惯。我母亲会经常做些寻常人家平时不做的甜点和点心，在物质极度贫乏的时代，这简直是天堂的日子了。

后来，我父母开了家铺子，父亲和朋友也做些当时叫投机倒把的生意。我父亲很聪明，脑子活络，家里条件慢慢好起来了。

晚饭后，父母的朋友都会跑到我家，和他们喝茶聊天，我母亲会弄些小吃、花生、水果招待客人。我们姐弟几个晚自习回来，常常加入他们的阵营，讨一杯茶喝，讨些点心吃。

有时候，他们聊到半夜，会开始准备夜宵，面条、饺子、客家馍馍，甚至是打边炉。我们姐弟几个那时候还是很刻苦的，睡得也晚，年纪小，精力好，也能吃。也会随他们吃了夜宵再睡觉。那时候的人过得很轻松，人的关系也比现在融洽。

我至今都不明白，我们怎么有这么好的精神？我先生常常说我们都是夜猫子，晚睡早起。他在南方待了几年后，自己适应这种生活了。反观他的家乡，饭后八九点大多数人都上床睡觉了。而我们的夜生活还没有开始。不知道是因为人们早早睡觉导致夜生活贫乏还是因为夜生活贫乏导致人们早早上床睡觉呢？

我们经常说，南方人比北方人过的日子要长，就是这个意思。北方人花在睡觉上的时间比南方人要多。

第十章

"二月十九"

我们客家人是过"二月十九"的，就是农历的二月十九，类似于清明节。

我父母在老家盖了一栋大房子，我父亲还是很有才的，他自己设计，自己找人施工，自己监工的。房子只是在"二月十九"或者某些特殊的日子才回去住。毕竟是在乡村，设施不是很全，医疗条件不好，他们也不敢长住。但客家人落叶归根的观念根深蒂固，家乡总是得有自己房子的。

房子最大的特点是院子很大，我父亲当时把他的土地都换成了宅基地。院子可以停上一二十辆车子，用砖墙围着。我父母在院子里种了很多果树和花草。一到花开季节，百花齐放，煞是好看，大门还是

我的小院子。

拱形花架，三角梅季节，开得很旺盛，火红火红的，非常惹眼。水果成熟季节，经常有儿童翻越墙头偷摘果子。

"二月十九"，对于客家人来说是个非常重要的日子。这个时候，平时不回家的人都回来扫墓，散落在世界各地的亲人都会回来祭拜祖先，尤其是男丁，这个日子比春节还重要得多。这个时候也是各家族的人聚得最齐的，也是见儿时同伴的唯一机会。

我的父母、兄弟姐妹每年的这个时候，甚至我那些80多岁的老姑妈们，都会拖家带口，长途跋涉，从各自生活的地方奔赴而来。他们有时候还会带上朋友，去见识客家人的长桌宴，这个日子不仅仅是追思先祖的日子，它同时也是家族聚会的日子。

我倒是回去的少了。

天刚蒙蒙亮，正是好眠的时候，我父母就会挨个房间敲门，我估计他们前一天晚上就没睡几个小时，和叔叔婶婶、姑妈他们在话家常，一大早上还兴奋着呢："起床了、起床了，别人都出发了，快点快点，还在睡，就剩我们家的了，堂弟他们都准备好东西了，快，怎么回事，还不加紧，小孩子没醒？让他们继续睡，就不让他们跟着去了，你们快点……"

大家忙不迭地爬起来洗漱，婶婶和叔叔他们在两家相连的院子里准备好了早餐，堂弟们早就杀、炖好了鸡和肉，蒸好了馍馍，准备好

客家美食。

了祭品。一阵鸡飞狗跳，伴随着孩子的哭闹，狗吠鸡打鸣，大家匆忙塞了几口早餐，有人用扁担挑着祭品，有人手上拿着锄头、铁铲，有人拎着鞭炮，有人还一边走一边穿衣，踉踉跄跄穿鞋，大部队出发了，院子顿时清静下来。

客家人都是约着一起扫墓的，一个家族一个家族一起，每个家庭都会自己准备好祭品，具体的程序我至今都弄不清楚，我的兄弟姐妹也弄不清楚。

我堂弟一直在老家，所有的程序他都清楚，我父母会委托他准备好扫墓的东西。我们到时就跟着他就行了。我印象是先拜祭五族之内的祠堂，我们五族之内的单独有一个祠堂，李姓是当地的一个大姓，方圆几十里都是李氏。但是我们往往把太爷爷那一辈开始的才当作族人，爷爷尤其注重家族的传承，从他那一辈起有一个独立的祠堂。然后是五族之外的祠堂，再就是去最早祖先的墓地了。

有些墓地实在是太老了，现存最早的可以追溯到明朝时代吧。所以那里拜祭的人最多，几乎方圆几十里的人都聚集在这里，都是她的后代。我很是奇怪，为什么这些祖先的墓很多都是女性？关于这些墓地的历史，除非年长的，村里年轻人有些都说不清楚，我对墓地有天生的恐惧感，这个时候跟着人群，倒是不害怕了。

人很多、很闹，久未见面的儿时伙伴、堂兄弟、堂姐妹这时候都见面了，大家很兴奋，互相询问各自的近况，在哪个行业发展，谁家添了新媳妇，谁家添了孙子，谁家孩子上了大学。我不常回去，村里的人大多不认识我，我和妹妹长得像，就会有人介绍我："这是阿莉，不是阿丹，是如心家的二妹妹。"这么一说，大家都知道了。我父亲名为李洪，字如心，在当地大家都知道。年长的会拉着我的手，絮叨些儿时的事，我却有些惭愧，这些叔叔婶婶我都记不住了，即使有模糊的影子，称呼却是叫不出来的，年轻一代了我更加不认识了。只好跟着堂弟他们打哈哈……

整个拜祭过程吵吵闹闹，鞭炮声震得耳朵疼，却是井井有条，忙而不乱。拜祭完共同的祖先后，就都奔向自家先人的墓地。早上五六点开始，整个流程下来都要到中午了。

我父母年纪大了，他们就只拜祭他的父母的墓了。他会和族里的其他上了年纪的前辈提前到我祖父的墓地。车可以开到附近，上了年纪的前辈会坐车到附近村子，再走路过去。我们五族之内的墓地大部分都在一个小山丘上。堂兄弟姐妹们给墓地铲草，新增泥土，摆放祭品，燃烧鞭炮。大家也会给逝去的叔叔伯伯和其他亲人上一炷香。

我父亲文采很好，我奶奶的碑文是他亲自写的，寥寥百把字，写尽了奶奶的生平，写尽了父亲的哀思和感激之情，附近很多人闻讯去看那个碑文。

我奶奶的墓地就在她成亲的新房的位置，爷爷在世的时候，我家是当地的大户，方圆几十里都是我家的土地，他和奶奶成亲的房子离族人居住的地方比较远。那里现在是一片废墟了。

我父亲会站在附近的山丘上，向远方眺望，眼眶湿润，喃喃自语"这是我家的地，那也是我家的"，不知道他是在怀念他的父母，还是在怀念他儿时的日子。

除了新增的墓地的后人有些悲伤，其实整个过程也没有特别悲伤的气氛。斯人已逝，后人还是要笑对生活的。

不去扫墓的家庭主妇，已经在家准备好了午餐。艾草馍馍、枕头粽、萝卜馍馍、酿豆腐、发糕、米饼、蕉叶馍……这些传统的客家特色食物也早早就准备好了。回到家，大家简单吃过午餐。这时候，堂弟还没有回来，他会顺便去祭拜土地公庙、沙公庙……这些我们不熟悉，也不去了。

有兴趣的人会到更远的一个古墓，族人都称它是离乡富贵墓，那是一个女墓。都说拜祭它的人离开家乡发展的，都会有好前程。我的兄弟姐妹都离开家乡了，自然是去的。那里很远，要开车去，墓在一个山坡上，下面有村庄，很有气势。已经有人先到，把路踩好了，把地方打扫干净，后来去的人就省事多了。

有些我们去拜祭的古墓，连堂弟都不知道是谁的，我们也只是跟着去，就好像去看热闹似的，也确实热闹。往往有几十人甚至有上百人一起去的，清理墓地，摆放祭品，燃放鞭炮，懂行的人知道怎么做，不懂的人就在边上看热闹，有活络的人会带着大伙说些求保佑的话。

这些古墓的拜祭就不是寄托哀思了，而是寻求先祖的保佑或者尊重先祖了。

我女儿对于我家族历史是羡慕的，她总是想着能从李氏族谱里寻找到她的原始血脉来源。这一点，她从先生家族无论如何是寻找不到的了，我先生家族有据可查的不会出三代。

名字能写进家族族谱的都是男丁。我父亲就常常遗憾我们不是男丁，无论我们将来有多大成就、有多大贡献，我们的名字都不会记录在族谱上。我母亲有一年曾经抱怨过这种不公，我那个神采奕奕的老姑妈说，她的名字都不能出现在族谱上，何况我母亲的。

下午不想去的会在家休息，准备晚上的大餐。

堂兄弟姐妹们和我的兄弟姐妹们杀鸡宰羊，准备瓜果。即便在这种日子里，还是有很多的欢声笑语。即便有人有哀思也并未蔓延很久。

这时候，我父母的房子就派上大用场了，这个房子平时没人住，让堂弟代管着，但设施却是很完善的。堂弟也很尽心，打理得很干净，是聚会的理想场所。

早饭后，亲戚、我父母的朋友、我兄弟姐妹的儿时同伴，都会聚集在我父母的房子。年纪大的在屋子里，回忆他们以前的生活。我父亲有些好朋友会从很远的地方回来，就是为了和父亲他们这些老人家唠唠嗑，话话家常。一年又一年，他们这些老朋友也越来越少了。每年这个时候，我父亲很开心，但又很难过。

年轻的在阳台，分享他们这一年在外的见闻和经验，大妈们也聚在一起八卦，儿童在院子玩耍，那个光景，真是热闹非凡。这时候的父母是顾不上孩子的，孩子们可以尽情玩闹，没有人会干涉他们。也有人支起了麻将桌，或者扑克牌桌。

这种气氛，就是过年的时候都不会有的。

大家玩到十一二点，都有点乏了，肚子也饿了。就有热心的吆喝起来，组织大家凑一点钱，把谁家的鸡鸭鹅，或者羊、狗买下来，在南方农村，这些总是能随时办到的，即使是半夜，也会把那户人家的门拍开，弄得鸡飞狗跳。

这下热闹了，有人开始烧水，杀鸡、杀鸭、杀狗、宰羊。更有好事的，就到婶婶家的玉米地把玉米掰下来烤玉米，也有人会把婶婶家的红薯翻出来，准备"窑番薯"。

"窑番薯"是当地农村的一种烧烤模式，把红薯埋进土里，用

随性的艺术

客家美食。

砖块在上面建成一个小土屋，留一个口子烧柴火，就像砖窑。更有甚者，拿荷叶把一只清理干净的鸡包好，再用泥包上，放进窑里烧。柴火熄灭后，把整个小砖窑推倒。红薯、玉米、鸡就会在余热中慢慢熬熟。

这时候，已经是午夜了，院子里开始散发出阵阵香味，打麻将的，打牌的，聊天的，打闹的，都停下来了。这个时候大家更是觉得饥肠辘辘。

大家就会迫不及待地聚集起来开始另外一场盛宴。那些早早睡下的邻居往往会被隐隐约约的香味唤醒，往往翻过身，咒骂几句，继续睡觉。

酒足饭饱后，大部分人回家睡觉了，不想回家的就会在我家客厅住下，或在客房住下，天气好的时候也会在院子铺张凉席打地铺。说来也奇怪，这个季节似乎也没有蚊子，反正我回去的时候房间里是不挂蚊帐的。这个日子，大家都是很放松的，很尽兴的。

我先生和我有一次回去，正是碰上几十年不遇的全族大聚会，除了传统的扫墓和拜祭祖先外，还有舞狮子、锣鼓队、武术表演……还有全村的长桌宴，直把他看得目瞪口呆。他无法想象，我们能把扫墓的活动过成这个样子，他实在太震惊了。

全桌宴要提前报名，每人交50块钱就可以去吃晚餐。村委会就会安排人杀鸡宰鸭，张罗饭菜的。长桌宴办在村小学，村小学离我父母的房子不远，就是三五百米的距离。

那一次放了将近上百张桌子。锅灶都是临时搭出来的，桌椅和厨具都是从外面租的，农村专门有人做这种生意。碗筷都是一次性的。

早早地远远就闻到了饭菜的香味。我先生没参与过，自然是要让他去感受一下的，我姐姐早就把我们那份份子钱交了。

我们也忍不住了，早早到小学凑热闹。学校是封闭的，中间是操场，那些桌椅就摆在操场上，操场一角是临时厨房。

我们爬上二楼，就倚在走廊上看演出。人越来越多，气氛也越来越高涨，狮子表演、锣鼓表演、武术表演……久未见面的伙伴都在聊天，就像赶集似的……临时厨房那边更是热闹：大锅上炖着肉，书桌铺成的桌面上摆着一盘盘切好的鸡鸭鱼虾，总管指挥着女人洗菜、洗碗筷，男人切菜、煮菜、摆盘，人影晃动，热气腾腾，香味扑鼻，气氛高涨……

帮忙的大妈都把饭菜摆上桌了，大家就都坐下，一般都会找自己认识的坐在一起，10人为一桌，坐满就可以开始。

饭菜非常丰富，量很大，以荤菜为主，标准的农村菜肴，虽然不够精致，但胜在食材新鲜，都是土鸡土鸭和野生的鱼虾。

　　闻着很饿，吃倒是吃不了多少，肉类太多了。男人会喝些啤酒，年轻人会聚在一起猜拳，大家觥筹交错，好不热闹。

　　先生自然是听不懂客家话的，但他连蒙带猜，倒也能七七八八地理解大家的交谈。我们那一桌也都是在外工作归来的，语言自然不是障碍，更何况对于酒桌上的男人来说，只要有酒，有肉，气氛自然是热烈无比的，直到酒酣耳熟，宾主尽欢。

　　我先生家里是非常中规中矩的城里人生活方式，生活一板一眼，人还是那些人，事还是那些事，实在没有什么让人兴奋的东西。这种阵势，他哪里经历过？也让他大开眼界了。

第十一章

随性的旅游

　　随性这种性格多少会受原生家庭和周围环境的影响。我家人都是比较随性的，套用先生的话就是自由散漫。我们也没有人觉得这有什么不好，只要不是什么重要的事情，都轻轻松松做事，大家都很习惯并享受这种生活方式。

　　我先生的家庭正好相反，循规蹈矩，比较讲究人情来往，一丝不苟，很严肃。我却觉得是很无趣的生活。

　　比如说年后我家人说好要去探望一个亲戚。我先生便会早早起床，穿戴整齐，吃好早饭，等待出门。我兄弟姐妹或父母会慢慢起床，悠闲吃好早餐，大家开开心心开车出发。

　　也许中途会路过某个朋友家的果园，会进去摘一箱水果，又或者顺便吃个午饭才优哉游哉赶往亲戚家。在我们看来，到亲戚家吃午饭还是吃晚饭，准时到还是半夜到都没什么区别。关键是该见到的人见到了，该办的事办到了就行了。

我们路上给亲戚打个电话，告知行程有变，亲戚只会笑骂几句，倒也不会真生气。

这时候，你会发现我先生的脸都黑了。他一大早起来，耐着性子、憋着气，等我们这批人拖拖拉拉到达目的地，这与他的三观简直不能相容，背道而驰。

更悲催的是，大家因为太晚了，不想深夜回家，也许在亲戚家就住下了，第二天才打道回府。这一下，他只能极其无奈地跟着我们。但我知道，他已经相当不满了。

当然，这些情况的发生都是在闲暇时间，没有什么要紧事的时候。真正大事时候，大家还是很认真和守时的。我们也分得清事情的重要性。

我先生的家人会早早起床，早早做好准备，他们常说的一句话就是早去早回。我们更享受过程，他们更关注结果：去拜访人了没有，那顿饭吃了没有，吃的什么，喝的什么，喝好了没有，礼节上做到了没有。这些都是他们考虑和关心的问题。

也许这就是南北方人性格、习惯、习俗的区别吧。说不上哪种好，只要你觉得好，它就是好的。想要生活轻松一点，两者都该兼容吧。

我观看古建筑时，脑海里会浮想联翩，经常会把自己代入那些逝去的年代，仿佛置身其中，能感受他们的生活。我先生说我虽然身在现代，但是灵魂没有全部跟过来。

　　我有个大学同学，定居在国外，有一年他要回国一个月，希望这一个月能安排得紧凑些，见到更多的同学。他做事是比较有规划和条理的。

　　回国之前，他把这一个月的行程都安排好了，包括交通工具，见什么同学，去什么城市，参加什么聚会。

　　但当他把行程单发给我们看的时候，我是给震撼到了，我之所以用震撼这个词，是因为我从来没有听过，更别提见过这么详细的行程单。那根本不是行程单，那就是个操作手册，指导他这一个月旅游的手册，实在太详细了。

　　我这才知道原来真的有人做事是这么严谨的，严谨到我都觉得迂腐了。

　　这个行程单从他登上飞机那一刻起的时间开始，整整两页纸。详细描述了每一天什么时候去做什么，花多长时间，去见什么人，吃什么东西，怎么去，说什么内容，精确到时（他能查到交通工具需要花的时间）。

　　我当时就想问他，他做这个行程单的时候有没有考虑到意外？比如飞机晚点了，路上堵车了，自己累了，不想动了，想睡个懒觉呀，身体不舒服呀，那后面的行程安排是不是都得推翻呢？当然也许他很自信这些意外不会发生在他身上，也许他已经习惯了这种提前安排的生活，平时几点起床，几点上班，几点接孩子，几点吃饭，几点睡觉。一切按计划进行，有条不紊，井然有序。

最最恐怖的是他竟然就按行程单这么去做了，至于他有没有出现意外，有没有完全按行程单定下来的去做，中途的行程有没有打折扣，我不知道，我已经不关心，也不想去追问。

我只知道，这对于我来说是不可思议的事。人不是机器人，哪里有设定好的计划，设定好的时间？这么标准的活法，那得多累呀。真的是百种人，千种活法。

这次回国游历过后，我这同学几乎和所有同学都断绝了联系，我不知道原因。

或许是他太标准化了，标准到令所有同学都觉得自惭形秽吧。

关于旅游，我更喜欢自由行，不喜欢那种按着别人设定好的方式出行。更不会提前早早安排好假期，当然有些不可避免的，必须提前安排的除外。即便是这样，也不会提前早早详细安排好一切。这会让我不自在，有牵挂，有束缚感。

许多人一般会早早安排他们的假期，什么时间去，去哪里，住哪里，参观什么景点，吃什么，在哪个餐馆吃什么菜。我是看的头皮发麻，这还没出发呢，自己就先把自己弄昏了。

当然提前安排也是需要的，机票更便宜，酒店更好，尤其是旺季的时候，这些是需要的，即使是这样，我也只会关注一样东西，那就是机票。我不喜欢早早套进设定好的计划里。

至于旅游攻略，我也只会提前几天看一看，甚至到了目的地再看。再详细的方案，再详细的攻略，都没有办法预测到你当时身处其

　　我最喜欢女儿在巴黎战神广场的这张照片，把它作为本书的封面。当年的埃菲尔铁塔受尽非议，差点就被拆除，今天却成为法国人的骄傲，成了最吸金的建筑物。应了那句话：世事难料，人生无常。

中可能出现的种种问题。旅游的魅力，就是它的不可预见性，攻略只能参考，而且，仁者见仁，智者见智，根本没有标准的方式。

书上描写的只是过来人的经历和知识。设身处地的感受，才是旅游的意义。当然了，提前了解当地情况可能会让你的出行更加顺利。

读书和旅行结合起来做到知行合一方为最高境界。

我女儿也会问我旅游行程是怎么安排的，我通常只告诉她大概的时间，至于想去哪里玩、玩什么，我不知道，也不想提前安排。她往往很生气，有时会火冒三丈，大声质问我，妈妈你怎么能这样呢？后来她就不太爱和我出门了。

她喜欢提前安排好一切的。我喜欢随性而为。

我先生开始是早早安排的，后来他也拿我没办法。我们就约法三章，我安排的旅游，我来决定，他不过问，途中出现什么变故，也得老老实实接受。他安排的行程，我也不过问，跟着就行。

去年5月我们去三亚住了5晚，我换了4家酒店。开始是不知道定的酒店满不满意，就定了一晚，住了两晚后，想感受一下其他酒店的风格，就换了一个，第四晚想尝尝其他酒店的美食又换了一个。我先生说我是疯了，我也觉得自已实在过分了。但是我却乐此不疲，我先生后来也让我给同化了，不再觉得有什么不妥，反而兴致勃勃地和我一起疯狂。

当然，这和我的习惯有关，每天离开酒店，我都会把行李整理得好好再出门的，搬到新酒店，只是提前把行李寄存而已。这样，我会感受不同风格的酒店，享用不同的美食。感觉很好。

至于景点，我更是不在意，能参观多少是多少，从来不强求自己，随性安排。这样往往有意想不到的发现。

喜欢把行程安排得很完美的人他们更关注的是，能不能在有限的时间里游历尽可能多的景点，至于这个安排会不会让他觉得舒心，他们不在乎。他们在乎去过多少个景点了。只是去过。

有一次去厦门，经过泉州，我们临时决定在泉州玩一天。事实证明在泉州的旅游比厦门还精彩，有着意外的收获。泉州的当地文化比厦门更加浓厚。所以有时候这种随性的安排打破一成不变的计划，往往给你带来惊喜，这种计划外的收获比预想到的更加动人。

比如说你在网上买一件东西，送到家里后，你已经知道那是什么了，你打开的时候你不会有任何的惊喜，甚至东西到了你直接丢到一边，几天都不会打开它。

但如果是意料之外收到一个包裹，你不知道是谁寄给你的，也不知道是什么东西。从你收到那一刻起，你会带着疑问，带着疑惑，甚至带着期待，直到你打开东西，你的兴奋感会持续很长时间。你或许会和你的家人谈起这个事，分享这个意外的礼物，即便那是一片巧克力，4S店给你寄的钥匙扣，银行给你的一张小卡片，那带给你的都是更加强烈的幸福和开心。

当然这种随性的安排可能会给你带来更多的事情，但那种意外的惊喜足以弥补其带来的麻烦。你也要接受这种随性安排所带来的有可

　　加州优胜美地公园。我和先生说我对他的要求是："八十能上班，九十能爬山。"他说我的要求不低，但他会尽力。人总要有目标，有了目标才有动力，有了动力，才会去行动。

能不是那么完美的结果，有可能没有达到你的期望值而带来的失落感。就要你怎么去看待这种失落感了。

有特别高要求或者强迫症者还是早早计划为妙。但谁又能保证早早计划好的旅途不会发生变化或者不尽人意呢？

我们总归要接受结果不完美的可能，即使不如想象中让人兴奋，都要努力去寻找它好的一面，不要让环境和变故影响了心情。有好心情总会发现事物好的一面，心态决定你的满意度，我始终相信这点。

今年夏天我和先生去泰国。我提前几天订的票，我们俩都没注意回程到达上海已经是凌晨两点了，相当于原计划的第二天了，当天先生有个重要会议。快回程的前两天才发现，当时我先生就很着急了，他很紧张，很烦躁，埋怨自己也埋怨我想得不周全，计划没做好。我倒不着急，这有什么大不了的呢？改签，提前一天回来，没去成的地方就不去了不就什么事都解决了吗？女人看重过程，男人看重结果，或者是性格所致。

反正我看他那个样子，我都觉得累。放松自己，换一个思路，什么事情不能解决呢？

有一段时间我们经常在国内旅游，也不提前做计划。只要他能抽出三两天时间，我们就去一个城市。也没有特意做安排，很随性，慢慢地，我先生也喜欢上了这种旅游方式。

第十二章

旅游和旅行

许多人喜欢旅游，确切地说喜欢"到此一游"。国内的许多旅游景点条件都很成熟，服务项目很多，说白了就是很商业化了，这都是迎合旅游者的期望的。游玩、游山、玩水、游乐，这种消遣和消费的过程是旅游者的目的所在。旅游者更注重游玩、观光和娱乐，更讲究行程的舒适、娱乐性、更在乎风景区是不是出名，住的舒不舒服，吃的好不好，玩的开不开心。

我也免不了俗，也会和许多人一样去打卡旅游。挤在满是游客的景点，喧闹，热闹。刚开始还饶有兴趣，往往过不了多久就会异常烦躁，急于脱离那种人满为患的场面。后来我和先生出去旅游经常会钻进人迹稀少冷门的地方，也不爱去花钱消费。景区对于我们这种游客应该是非常不欢迎的吧。

旅游的人更注重结果，反而忽略了过程。他们往往计划好一个目的地，只要去到目的地，就算完成了整个行程。所以一旦由于各种原因影响了行程，往往造成心情的变化。心被功利和物欲束缚的人更加偏爱旅游。

旅游可以让人暂且逃避现实。喧闹、拥挤可以让人暂时忘掉生活的苦难和压力，就像有人妄想通过醉酒解千愁一样。有人说过"山水没有特质，特质在于人心"，但如果你的心不定，到哪里都会浮躁。所以当我们随波逐流，奔波于各个景点，来不及思考、来不及品味、来不及欣赏，过后比旅游前更加空虚和疲惫了。

而旅行却是让你静下心来，思考你的人生，正视你的欲望，直面你的内心，找到你真正想要的生活。当你带着善意，你会发现这世界的美好，经过各种磨难和挫折，你才会感恩生活的馈赠。

旅行则偏重于"行"。我先生说更像是流浪，是自虐过程。

旅行可以治愈孤独、迷茫和低潮，跟随自己的内心，去接触自然，即便遭遇雨雪风霜和艰难险阻，把这一切视为人生的一种经历，一种体验，随遇而安，始终保持平和心态，坦然接受，这些会让你渡过低潮，相信未来。

旅行犹如品茶，放慢脚步，细细品味和观察沿途的风景和事物，直面旅途中的困难险阻，有苦但也收获甘甜。流浪也好，自虐也好，

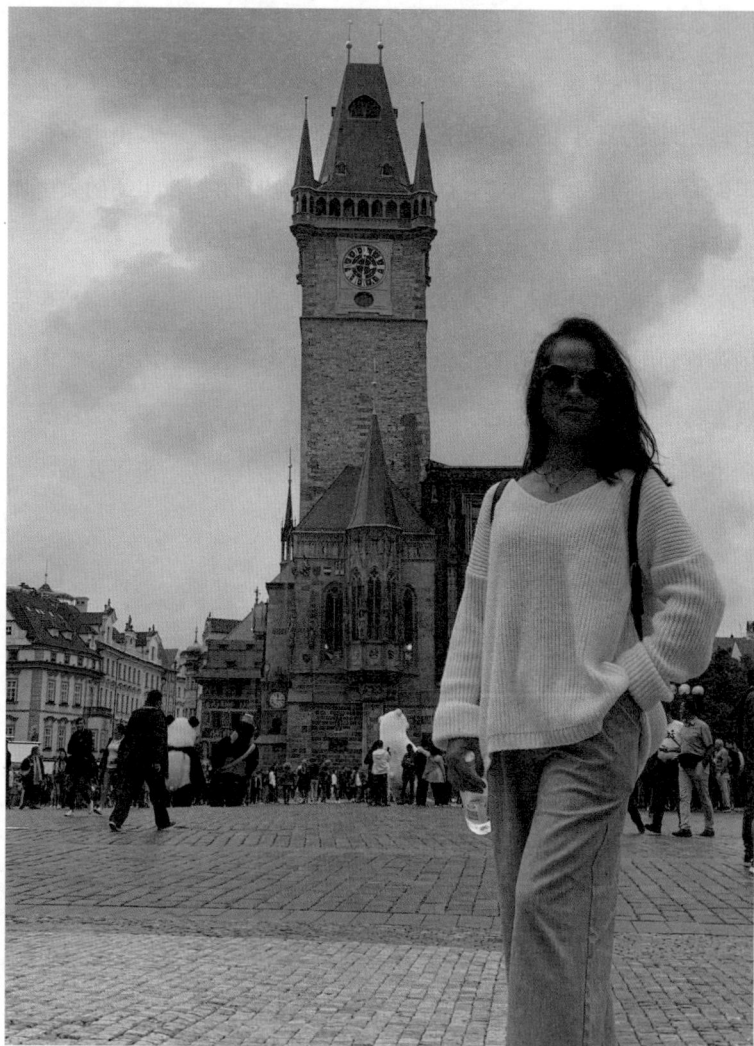

最浪漫的事，就是和你漫步在布拉格街头。

旅行者更易发现一般人接触不到的美。独自旅行时，寂寞但自由自在，没有外界干扰的你，才会真真正正属于你自己，慢慢思考，品味人生。结伴而行的旅行，大家相互扶持，相互鼓励，旅行者更容易敞开自己的心，更容易找到志同道合的伙伴、知音和知己，更容易交流和分享，更像是一场心灵的洗涤。

旅游者关注的外在东西并不会对他们造成什么影响，他们更享受的是旅行过程。只要心是自由的，走到哪里都能发现美。心灵永远都在探索新知，生活才会充满奇趣和快乐。

古人说，行万里路，读万卷书。读书和旅行，灵魂总得有一个在路上。

有一年，我和先生到雁荡山旅游。雁荡山很多人，我们不喜欢那种喧闹，很快就转出来了。我们就另辟蹊径，开车到它旁边一个不太出名的山里去了。

那座山顶上据说会有成群的大雁栖息，可惜当天有大雾，我们没有爬上去。后来也碰到从山上下来的游客，他们有的已经在那上面待了一个晚上，就为了守候那些大雁，遗憾的是，最终也没有等到，最后还是耐不住山顶上的潮气和寒气下来了。

去那座山路还算好走的，就是有一大段的盘山路。走路自然是很辛苦的了。

回来时候车子开到山路的一半，就看到路边有一个小伙子，瘦瘦的，不是很高。天很热，小伙子带着一顶运动帽，穿着登山鞋。看样子也是从那座山上下来的。小伙子背上是一个硕大的登山包，他背着有点吃力，低着头在走路。

我示意先生把车停在他旁边，想着天有点晚了，无论如何他在夜幕降临之前是走不出那段山路了，我们把他捎带着回去吧。小伙子抬起头，有点疲倦，他向我们微笑，但是谢绝了我们的好意。

我们的车继续往前，我从后视镜看到他还在低着头，一步一步地往前走。

我先生说，这是修行的人，他们的想法我们不会懂。但我却有一刹那的感动，这个世界总有这么一些人，不在乎功名，不在乎物欲，不在乎享受，跟随自己的心，甘愿挑战自己，抛开世俗，抛开杂念，活在自己的世界里。

旁人无论如何是不能理解他们的境界的。

相对于中国人，加拿大人对于旅游的理解更加朴实和自然。

那里夏天的户外是很热闹的，经过漫长的冬天，所有人都迫不及待出门，恨不得把一天掰成两天用。加拿大的艺术家都会走上街头、公园、草地，免费给市民演奏和表演。那些你平时难得见到或听到的音乐家和音乐会都有可能让你碰上。

外出旅游，对于当地人来说就像去逛超市，很轻松自如，并不需要特别的准备。

　　刚刚看了一部仙侠剧，就无意中去到了它的拍摄实景地，意外惊喜。原来我也有小女生的情怀。

当地人更喜欢用度假来形容他们的旅游。旅游和度假是不一样的，旅游是以参观、欣赏自然景观和民俗风情为主要目的的游玩消费活动。度假更是一种放松和休闲的方式，是一种比较讲究休闲享受的旅游。

他们即便到远处旅游，也不会像亚洲人那样匆匆到此一游而已，他们会静静欣赏，慢慢品味。你在景区经常看见匆匆忙忙的亚洲人，从一个景区赶往另一个景区。而他们会慢慢地走，细细地看，不急不慢，他们根本不担心错过了下一个景点。

他们一般都是和家人一起旅游的。如果是和团队一起，也不会大声互相说话，大家都很安静，每个人都在品味自己看到的东西。很自在，很随意。

当然他们也喜欢旅行，常常背着背包。他们旅行的地方除了著名的景点，更多的是森林、湖泊、深海、沙漠。他们更享受旅途过程带来的挑战和新鲜感，他们还很喜欢户外露营。现在中国也有越来越多的年轻人喜欢这种挑战了。

姚馨的大女儿是个很知性的女孩，她就特别喜欢旅行。她经常背着一个大大的背包世界各地旅行，还会在外露营。姚馨说她就不明白她为什么不拉着手提箱，又轻松又方便。那个背包多重呀，看着都让人心疼。

她常常劝她女儿出去旅行可以住个酒店，即使是一般的家庭旅馆也好。最起码有口热饭吃，能洗个热水澡。但是她女儿还是那样，背着硕大的背包，住帐篷，像个苦行僧一样。

我也不理解他们这种人，同时我也很尊重和敬佩这种人，敢于挑战自己，克制自己的欲望，自我节制，自我磨炼，甘愿忍受恶劣环境。这种人，心中有某种信仰或者信念吧？

她的女儿现在变得是愈加沉稳、愈加知性了。她的双眸里闪烁的是一种洞察人世的智慧、和她的同龄人不一样的镇定。

我写这本书的时候，豆豆一个人正在尼泊尔"修行"。

我最终还是没有勇气和她一起去的。

豆豆说她在尼泊尔吃不好睡不好，有几个晚上下暴雨，她通宵未眠害怕塌方之类的，但是第二天起来灌了两杯咖啡就满血复活。

她在那里待了将近一个月，没有睡过一个好觉，没有吃过一餐饱饭，睡得很少，吃的很少，但是精神很好。她说大概和空气、水、大山的能量有关吧。

但我知道在那个原始又安静的环境里，她很享受自我放逐的自由和宁静。套用她的话说："一个人的旅行清静得无与伦比，自在得随心所欲，一个人走路，爬山，听音乐，抽支烟，吹个风，打个坐，饿了才吃饭，睡醒才起床，放空自己。"

尼泊尔的城市很脏，人们很贫穷，生活贫瘠，但虔诚，对身外之物的要求很低，对食物的需求很少。穷但是幸福，心境自在，心愿恢宏，灵魂欣喜，便是最纯粹、最原始的满足。而我们每天处心积虑地追求财富，却郁郁寡欢，富足的生活和日益堆积的财富却让人失去了最初的善良和幸福，忘却了回归生活的本质。

富足的心灵才是快乐的根本，财富终归是身外之物。

心被功利和欲望控制的时候，心境便不再纯净，我们沉迷在这种怪圈中不可自拔，简单的幸福离我们是越来越远了。

旅行的魅力就像水之于鱼，充满诱惑，充满指示。旅行中的点点滴滴，风土人情，在不知不觉，不经意间触动你心底最脆弱、最柔软的部分，让你毫无保留地倾诉，欢欣鼓舞和感动，感叹生命的神圣和生活的美好，感谢宇宙赐予我们的这一切。

2017年我和先生到青海湖骑行。

第一天非常勇猛，劲头正足，骑了95公里，自己都佩服自己，忍不住给自己点了个赞。第二天，有高原反应了，加上摔了一跤，骑行了65公里的时候就没有力气了，早早地找个酒店歇息了。那是个美丽的小镇，听说日落和日出是非常美丽的，我却昏昏沉沉，早早睡觉也没出去观赏。第三天，和先生说不想继续骑了。吃过早饭，先生就在酒店门口挨个问停在门口的车子，有没有空位拼车去茶卡盐湖，好不

　　2016年9月5号，和先生绕着青海湖骑行，一天竟然骑了将近100公里，忍不住给自己点个赞。一晃6年过去，想起那段旅程，不胜唏嘘，不负青春不负己，我们也曾激情过。

容易到了，总要去看看的。

正好问到一个小伙子，"80后"，独自自驾游，在那个地方，人的戒心没有在内地那么强烈，我们很幸运地搭他的顺风车去茶卡盐湖。小伙子长得很帅气，叫天俊，是个很有想法的小伙子，刚刚从旧金山回国，特别喜欢旅行，而且喜欢独自旅行，喜欢摄影。足迹布满世界各地。

一路上我们聊得很开心。天俊的车里放的竟然是80年代的粤语歌曲，在这个季节的青海，路边是成群的羊群和帐篷，远处是雪山和青海湖，让我们有一种非常异样的感受。我们聊旅行，聊音乐，聊生活，聊风俗，没有不是同龄人的所谓代沟。天俊和我们中途常常停下车，到路边的山峰去寻觅风景，我们爬越了两座山头，那座山除了我们三人，不会有其他的游客会爬上来。

到达山顶，远处脚下的青海湖犹如一条长龙，在太阳下闪着光，顶上是蓝天白云，脚下是乱石山峰，苍凉悲壮却又神圣秀美。山顶上有凉风，让人心旷神怡，有一种"会当凌绝顶，一览众山小"的感触，所有烦恼，所有忧虑，所有生活的不快，都抛在了脑后。不禁感叹大自然的神奇和魅力、生活的美好和生命的可贵。

这就是旅行的魅力，你永远没法预测会发生什么，你不知道会遇见什么人，什么事，什么风景。不管是好还是坏，它都是你旅途中的

从野山上远眺青海湖。

财富和经历。这种经历，永远是独一无二的，不可复制，却让你回味无穷，不能忘怀。

回到小镇，我们告别了天俊，他继续他的旅途，我们准备原路返回。

天俊最终也没收我们的车费，他说他让陌生人搭便车随心情、随感觉。

谈得来不需要车费，谈不来就是无价。

第十三章

一次说走就走的旅游

我们是误打误撞搬到蒙特利尔的。

我和先生约定，我们用三年的时间来完成学业，这个期间是不允许出去打蓝领工的，我们不想因为习惯了这种打工的简单生活而丧失了奋斗的意志和目标。

但有个例外，先生在2004年那个夏天，因为一个朋友的怂恿，在一个厂里干了30天开叉车的活，总共挣了2000加币。那一年我们刚刚买了一辆二手车，花了10000加币。

我对先生说，你正好挣了2000加币，我们去加东吧。先生说好。

加东就是加拿大东部地区，包括新不伦瑞克省、新斯科舍省、纽芬兰与拉布拉多省、爱德华王子岛省，途经魁北克省的大部分地区，

　　落基山脉的美让你窒息。大自然带给我们的绝对不仅仅是视觉感受，而是心灵的撞击，冰雪消融，水天共色。

那一路上自然风景如画，空气洁净得让你的肺部承受不住这种大自然的馈赠，公路上人烟稀少，沿着大西洋海岸线，非常适合自驾游。车子开在那条马路上，一边是圣劳伦斯河，一边是山丘平原、庄稼村庄，一种天空任鸟飞、天地无限广的感觉油然而生。

那时候没有现在的导航技术，没有发达的网络，没有智能手机。我们手上就是最简单的手机，一本从国内带来的书——《走遍加拿大》，一份地图。我们在超市买了面包和矿泉水，带了锅、碗筷和保温箱，带了行李和薄被子，就这样带着5岁的女儿出发了。

魁北克是法语大省，除了蒙特利尔，其他地方的官方语言是法语，越往东部走，越多居民说法语，渐渐的就很难听到有人说英语了。

我们没有很详细计划，就这么一路往前开。我们俩轮流，一个人负责开车，另一个人看地图。加拿大的旅游设施非常适合自驾游，油站都在高速路边有大招牌，看到大招牌下了高速很快就到了，有油站的地方一般有一个或大或小的购物中心，所以吃喝是不成问题的。也没有现在的各种订房网站，我们会在高速边看到各种旅馆的大招牌，只要下了高速口，都能找到住的。

那时候为了省钱，只会住汽车旅馆，大酒店不会住的。汽车旅馆简单，一般不在城镇中间，有些可以做饭。如果住可以做饭的，我们一般会到超市，买些生食自己煮。

每个城镇的入口，都会有游客服务中心，我们会在那里拿到当地的旅游手册，住下来，第二天再逛逛小镇，然后继续往前走。

我女儿是很兴奋的，一路上唧唧喳喳，问个不停。我们就这么边走边玩，非常放松。

魁北克城是这次旅行的一大目标，早就想参观这个城市了。它是魁北克省的省会，不大，却充满了浓浓的法式氛围。特别是它的老城区，完全是一个18世纪法国世界。建筑，饮食，人们的穿着、气质、语言、习惯、习俗和安省都完全不一样。它的古老法式文化保留得非常完整：教堂、修道院、军事基地、古建筑、博物馆、百年餐馆、美术馆、古老的街道、古监狱、大学。各个时期风格的古建筑随处可见，如议会大厦、英国的维多利亚时代的古典建筑。整个老城非常密集，充满了历史沧桑感。

每年的夏天，加拿大国庆节前后一个月，是魁北克城的夏季狂欢节。许多游客从世界各地奔赴这里，感受古老的法式生活，甚至是法国人也会到这里，因为法国还不一定有这样的古法式氛围。

我们正是这个季节到达的。

魁北克城的居民充分发挥了他们浪漫的天性，整个古城装饰得非常漂亮，所有的住家门口都挂满了鲜花和装饰品，街上到处是穿着中世纪服装的人。你就在大街上走走，不经意间就会碰到穿着贵族服装的居民。古代和现代随时穿插，让你有种梦回百转的困惑，有种蓦然回首，那人却在灯火阑珊处的梦幻。街上随处可见艺术家在唱歌、画画、表演、拉琴，一派狂欢的景象。

一到晚上，华灯初上，餐厅都开了，路边摆上了桌子。游客都蜂拥而至，吃饭喝酒听音乐，甚至有人会跳起舞来。大家都在尽情享受这种惬意的生活。

在老城中心，有一座建于1924年的庞大的古堡，它是魁北克城的标志性建筑，现在是当地最豪华的酒店了。我们自然是住不起的，我们也和大多数游客一样就在古堡的广场上欣赏古堡的外观，静静地感受当年魁北克城的繁华。

单单用"美"来形容魁北克城，似乎太单薄了。春天赏河、夏天赏花、秋天赏枫叶、冬天赏雪，还有常年可观的名胜古迹，圣母玛丽宫、星型城堡、古堡酒店、蒙特默伦西瀑布，一年四季的魁北克城都会带给你不一样的惊喜。

我们那一天运气还非常好，伊丽莎白号邮轮从欧洲航行到魁北克城，正好停泊在港口。我们有幸近距离地欣赏这艘据称是当时最大、最豪华的邮轮了。

2018年，我和先生带着已经长大的女儿再次回到这个美丽的小城。女儿已经对它已经没有任何印象了，她对一切好奇极了。它静静坐落在圣劳伦斯河边上，还是那么美，美得让你窒息，让你流连忘返。

我们还是一路往前，我们去了植物园，一起出海去追鲸鱼，兴奋而刺激。我们还去了鸟岛，岛上全是海鸥，行人走在岛上，你的身边就是海鸥，非常震撼。

我们很随性，没有考虑行程，也没有考虑景点，就这么行行走走。一路上的风光实在太美了，常常会忍不住停下来呼吸空气，躺在草地上小睡一会。

有一天我们到达一个小镇，小镇就在圣劳伦斯河边。晚上我们到河边的一家餐厅吃龙虾，这是这么多天来第一次在正式餐厅吃饭。

加拿大龙虾是非常出名的，尤其是加东的龙虾，个大，味美，便宜。到这里的人无论如何都要尝一尝的。

我们点了一只大龙虾，龙虾是有配菜的，这盘菜足够我们三个人吃的了。

旁边是一对加拿大夫妻带着两个小男孩，小男孩一个三四岁，一个七八岁吧。

那夫妻俩各点了一个单人龙虾，量自然没有我们的大。我们的是三人的。就听那对夫妻问两个小男孩要吃什么，大男孩点了意大利面，小男孩点了土豆泥。

等到各自的餐饮端上桌子，他们四个人各吃各的。夫妻俩真的一口龙虾都没给那两个小男孩吃，小男孩也没有往他们的餐盘上要吃的，都在静静地吃自己点的食物。

我回到国内在饭店吃饭，看见有的爷爷奶奶、爸爸妈妈不停地把他们认为好吃的食物小心翼翼夹给孩子，甚至是喂孩子吃了后才吃剩下的。

我就特别有感触，不同的教育方式有着巨大的区别。

加拿大人从小就有这种观念，即便是孩子，他们也有自主选择权。所有人都要为你的选择负责。父母不会越俎代庖，父母不会把他们的意愿强加于孩子，别人更不会。

中国有许多"妈宝男"，我不知道是父母的悲哀、孩子的悲哀还是社会的悲哀。

我们后来到了加斯佩半岛。

加斯佩这个名称来源于"GESPEG"，在米克马克语中是"大地尽头"的意思。加斯佩公园是漫步的圣地，半岛分为四个区域，观光的是位于海角顶端的大地尽头。这里是劳伦斯河汇集到大西洋的入口了，公园整个像是伸进大海一样，你的前面，你的旁边是一片无边无尽的大海，站在岛端，可以尽情地欣赏大海和群山全景画面的美丽风光。

我站在海角顶端，眺望大海，心中有一种无法言语的感动，让你怀疑自己在凡间。我张开双手，拥抱着大自然，大海一望无际，海阔天空，海面上非常平静，静到你感觉不到它的波动。都说大海让人心胸宽广，胸藏万贯，我这个时候已经深信不疑了。我只恨自己文采有

    误打误撞住进了一个山庄，房间的浴缸正对着泸沽湖，坐在浴缸边，让热水包裹着疲惫的双脚，喝着一杯红酒，极目远眺，整个泸沽湖一览无余，无风水面似镜，波光粼粼；特别是早上，雾气蒙蒙，如梦幻仙境般。那个感觉，怎一个"爽"字可描述？

限，无法形容大海带给我的震撼。我企图从古今文人墨客描述大海的诗词中找出能形容我当时感觉的句子来，我却找不到。

　　离开加斯佩，我们最终只走到了新不伦瑞克省。没有到达最美的爱德华王子岛和纽芬兰与拉布拉多省。

　　我和先生说等哪一天我们兴致来了，再游一遍。

　　这段旅程历时三周。

第十四章

随性是一种生活方式

我并不是鼓励所有事情都率性而为，有些重要事情还是要提前做好计划、做好准备的。有规划、有流程，才能让事情更加顺利、不易出错。

工作上做好计划、做好规划，是对同事的负责，对老板负责，对自己那份薪水负责。但是当你不需要考虑别人，只需要对自己负责的时候，偶尔率性而为，却能让我们的生活更加轻松、更加惬意。平和的心态，也让我们处理问题的时候更加理智。

我忽然想到一个词：文化属性。

价值观选择的内心真实反应就是文化属性，是一个人、团体、民族、国家的生产生活的习惯定性（我们可以看作文化素质的体现）。

强势文化群体有品位、有追求、有胆识、有魄力，不怨天尤人，不会坐等别人的救赎，自己掌控自己的生活和命运。强势文化造就强者，弱势文化造就弱者。这个与金钱无关，与地位更无关。

台湾地区有位老人在75岁那年，他决定环游世界，那时候他没有多少积蓄，年纪一大把，不会外语。所有认识他的人都反对他就这么出去。

他还是带着3.2万元的存款，毅然决然地买了一张机票出发了。他用了5个月的时间，住青年旅社，睡车站，街头，最终游遍了欧洲。

他回来后，别人问他怕不怕，他说："人生随性一次，就是死在外面也值得。如果出国玩一趟要准备很久，所有方方面面都考虑妥当，要懂语言，要有足够的钱，那我这辈子都出不去了。"

就是这么一位率性而为的老人，欧洲游增加了见识，开阔了视野。他在98岁时成了全球年纪最大的研究生，他现在100多岁了，还在努力学习，打算再考个博士。

他做这些决定的时候并没有深思熟虑，没有瞻前顾后，没有患得患失，只是跟随自己的心去做了。生命也正因为这样而比同龄人更加丰富和精彩。

他说人最大的任性，就是不顾一切坚持做自己喜欢的事，只有这样，人才可以说，我这一生不枉此行。

生命如此短暂，要努力去扩展生命的宽度，多去经历和体验。很多时候，只有在关键时刻你才能发掘出自己的潜能。我们缺少的是坚强的意志和说走就走的魄力。

我父亲年纪大了，他是越来越不喜欢人多嘈杂的场景了。都说人老了，渴望热闹，他更喜欢自己独处。也没有年轻时候那么喜欢和朋友谈天说地，夸夸其谈了。

他每天早上5点起床，到河边走上两个小时，吃了早餐，他会在河边那套小公寓看看电视，看看书，编辑他平时拍的视频，他编辑的视频曾经在当地的电视台播放。

中午就自己煮些东西吃，然后睡个午觉。下午出来到河边看看其他老人们下棋。再回自己的家和母亲一起吃晚饭。有时候我觉得他是孤独的，有时候，我又觉得他是自在的。

具体怎么样，他也从来不和我们讨论，但我发觉他的气色越发的好了。只是他没有更大的勇气单独出远门，只要他愿意，他觉得开心，怎么样都是好的。

这么说来，我母亲就不像父亲这么喜好宁静了，她更像一般的家庭妇女，喜欢热闹，喜欢和人说话，喜欢八卦，更是闲不住给弟弟帮忙做些小事或者带带孙子。她也很开心，她更适应或是适合这种接地气的生活。

只要他们找到了自己喜欢的生活方式，什么样的都是好的。

我是很欣赏大师们随性的生活态度的，一种对生活随性、不做

加拿大魁北克城古堡。那下面就停泊着当年最为豪华、最大的伊丽莎白号邮轮。

作，遵循本心的态度。

　　我们往往在做事情的时候，想的太多，掺杂了太多的因素，总是思前想后，顾此失彼，从而少了很多机会，漏了很多风景。

　　就像男女间的恋爱之所以让人即便尝遍酸甜苦辣，还会让人欲罢不能。就是因为恋爱中的人遵循本心，喜欢自己喜欢的人，做让自己开心的事，这种灵魂的撞击更让人看清本心，真真切切感受恋爱带来的温暖和喜悦。

　　现代人的生活压力大，我们没有办法抛开一切，没有办法脱离这个环境。但我们可以偶尔随性地暂时停下脚步，读一篇文章，做一场运动，烹饪一顿美食，听一段音乐，甚至来段短距离的旅行。让自己歇一歇，休息一下。

　　有一段时间，我听到满大街都在放一首歌，旋律很优美，朗朗上口。那个歌词就很像是写给现在的上班族的，充满了诱惑和鼓动，歌词大意是这样的：

　　厌倦了朝九晚五，千篇一律的，波澜不惊的都市生活

　　关掉手机，谁也不联系，也不管什么是是非非，抛开城市的拥挤和虚伪，忘掉所有的对和错跟着自己的内心，去追寻自己的梦想

　　来一场没有计划的说走就走的远走高飞

　　我们总要回归社会的，那暂时放飞自己，享受放飞自己的感受吧

　　后来我还看见好多篇报道：小夫妻、小情侣离开城市，到乡村去

初见便是一世，容颜易改，情如磐石。你若待我如初，我必生死相随。

开民宿、开花房，去过这种最自然的生活。我们不便评说这种生活的转变好或是不好，但是当事人确实是遵循他们自己的内心，过自己想要的生活。

生命就这么短暂，唯有跟着心走，才是最让人开心的，至少不会让你老了后悔。

郁姐姐是我们"铁腐友帮"的姐妹们的偶像，更是我的偶像。我们都希望我们将来能像她那样，忘记年龄，活出自我。

郁姐姐年轻时候在广州的一个杂志社当记者，退休后跟随丈夫在上海居住了几年。她丈夫是法籍马来西亚人，前两年他们搬到了法国居住。

郁姐姐个子不高，比同龄人看起来更年轻，精力旺盛，性格开朗。她爱好广泛，爱好运动，爱好美食，爱好打牌，爱好瞎聊，爱唱爱跳，网球打得非常棒。

其实我对她的了解并不是很深。她和丈夫搬到法国后，她的微信圈就是我了解她的动态的唯一途径了。

原来我以为他们在国外的生活即便不是无聊，也会是无趣的。但我没想到，她把在异国他乡的日子过得这么的丰富多彩，浪漫和洒脱。

她和她丈夫的足迹开始遍布世界各地。郁姐姐是个非常有才情的女子。她把她的游历都分享给朋友们，让大家感受她的生活，感受世界各地的风俗文化、建筑历史和人文景观。

她还会把法国发生的大大小小事情分享给我们，法国的活动、法国的新闻、法国的文化、法国的风俗。她也把日常生活分享给我们，他们和朋友的聚会，和朋友的互动，和朋友的生活。她去参加比赛，去听音乐会，去参加电影节，去享受美食……就是隔着手机屏幕，我们都能感受到她乐观的心态，对生活的热爱，对生命的热爱。

她也会评论、评价社会的美和丑，善与恶，对与错。她用她的才情和微笑告诉我们人生有很多种活法，忘记年龄，忘记性别，抛开俗事，无论在哪，都会活出不一样的风景。

我有时候在想，她在世界各地游历的时候，她在国内的老朋友、老同学在干什么呢？家里、公园、广场还是也和她一样，游历世界？我特别想知道答案。

因为我知道许多国内她这个年纪的人已经是需要社会关爱的老者了，但她过得比年轻人还精彩。好样的，郁姐姐。

青春，从来就不会受制于年龄，感恩生活，跟随本心生活，只要心不老，岁月留给我们的只是躯壳的衰老，只要有梦想，敢于圆梦，我们就永远年轻。

第十五章

独处的境界

且对一壶酒，澹然万事闲

横琴倚高松，把酒望远山

李白《春日独酌·我有紫霞想》

悠然自得，闲云野鹤，随性独处的生活总会让人非常向往的，古今中外，凡人、名人都不例外。

贾平凹先生有一本散文集叫《自在·独行》。这个散文集很有意思，作者写情感，聊爱好，谈社会，说人生百态，书中有俗世的智慧，也有生活的趣味。他好像游离众生外观察身边的一人一物，里面的每一个故事，每一个章节，每一段话，都是贾先生对生命的感触和对生活的热爱。他素来喜静，让他觉得自在的，要么是行走在西北的大地，要么就是隐居在自己的书房。

他其实也喜欢热闹，只是他的热闹是内心的安宁与独行的自在，并不是人声鼎沸，灯火灿烂，推杯换盏。别人眼中他的孤寂，其实都是他一个人的狂欢。他的书是写给生命的行者的，和他们分享孤独的乐趣，希望他们在生活中过得从容和潇洒。正如书中所说："独行是一场心灵的隐居，真正的洒脱来自内心的安宁。"作者的思想是出世的，生活中又是入世的。

他说孤独不是因为受到了冷落和遗弃，而是无知己，不被理解。正如哲学家尼采说的那样：更高级的哲人独处着，并不是他想孤独，而是因为他在周围找不到同类。

看人看事，待人待物，都要保持淡定冷静的态度。让自己活得自在，以自己喜欢的方式生活，哪怕孤独也不虚此行。

有句英文说得好：alone is not lonely。

在心理学上独处叫solitude，一个人在意识上与外界隔绝，或者在意识上没有意识到他人的存在都叫独处，是孤单一人的客观状态。

但是独处并不意味着孤独。

Loneliness孤独指的是心情，是一个人得不到和外界共鸣而产生的失落感。孤单并不一定孤独，置身于熙熙攘攘的人群中并不一定不孤独。

斯蒂芬·霍金曾经说过："虽然我的身体不能动，并需要依靠一

随性的艺术

一叶扁舟，一支桨，一个人，湖光轻掠。山旖旎，水清涟，沉醉天地间。

台计算机才能说话。但我并不孤独。因为我的心灵是自由的，我的灵魂是充实的。"

研究发现，独处更能激发人的创造力，许多发明创造都是人类在独处时实现的。画家、诗人、文学家、哲学家都喜欢独处，或者说都会想办法让自己远离人群，不受干扰，放飞自我，随心所欲，往往能诱发潜能，创造精品。

屈原说："举世皆浊我独清，众人皆醉我独醒。"唯有智者才能领会独处的妙处。智者往往也是孤独的。

我有时候也很享受独处，可以静静的，不需要谁在旁边，也不需要宠物，有书，有茶，有音乐，时光也是美好的。

先生出差的时候有时候我几天不出门，不和人交往。一个人在家读读书，听听音乐，健身，喝喝茶和咖啡，或者在小院子里弄弄花草，还会花上时间给自己做顿美食。

艺术家大多是很随性和喜欢独处的。他们有着与生俱来的不羁、浪漫和随意。他们会离开生活的地方，远离人群，到一个安静之所去寻找那"灵光一现"。

我想应该是离开了熟悉的地方，远离喧嚣，心无旁骛，只关注自己要做的事，投入自己的世界，更能触发创造灵感吧。

灵感这个东西非常微妙，他是艺术家生命的源泉。

灵感的产生当然与艺术家的学识、阅历、天赋和对事物的看法有很大关系。我们平常人即便灵感产生，也不会像艺术家一样能把它转换为有形或无形的东西。这就是艺术家和普通人的区别了。

王老先生最经典的那首《在那遥远的地方》，他说他的创作灵感是来源于参加纪录片《民族万岁》时，无意中挨了剧中漂亮的女演员卓玛的一鞭子。

如果他不了解新疆哈萨克族的习俗，姑娘骑着马，挥着鞭子追打男孩子，打得越用力表明越爱这个男孩子，这就是我们说的打是亲骂是爱一样。他挨的那一鞭子只会是一个小插曲，给大家提供茶余饭后的笑料罢了，也就没有了这首脍炙人口的民歌了。

老先生一生创作了不同类型、不同风格的歌曲。最让人津津乐道的是他在西部创作的民歌。他在西部待了大半辈子，西部给他提供的音乐灵感是因为他热爱那片土地，爱恋那里的生活。

三毛是大家非常熟悉的作家。她应该是作家中最有个性、最随性的了。我们也可以说她任性，也可以说随性，但她却是个传奇，一个无法复制的传奇。

她内心深处，曾被敏感和自卑紧紧缠绕，难以挣脱。她自闭自伤，一生都为爱所伤，但还一直孜孜不倦地寻找爱。她不停受伤，又不停去疗伤。她孤独，同时又奔放。她纯真浪漫却又勇敢纯粹。她性格洒脱，内心压抑得极深，却又才情横溢。

她的内心始终对流浪和自由充满了向往。她本性自由奔放，向

与其忍受孤独，不如享受孤独，一个"忍"，一个是"享"，结果大相径庭。

往无拘无束的生活，却常被情感所困。她是性情中人，却从来是非分明，原则性极强。

就是这么一个随性的女子，比其他女人活得更加热烈，热烈得像六月的太阳，谁要靠近她，都会被烘得面皮发烫。

就是她这种不顾一切的随性生活让这么多的读者崇拜和欣赏她吧。

大部分人往往不能做到她那样地潇洒，那样地无拘无束，那样地热情奔放，那样地肆无忌惮。三毛，承载了他们的梦想和期望。

第十六章

世界上有一种成功，就是用你喜欢的方式度过一生

　　现在有一种艺术叫随性艺术。这种艺术风格没有统一固定的格式和要求，完全是艺术家个性的表达。这种艺术或许没有主题、没有多余做作的修饰，更多表现的是艺术家的随性创作，画面也不完美，这种表现手法是对传统艺术形式的一种创新，更是艺术家情感的宣泄，没有任何束缚，放飞自我的情感体现。

　　这种艺术形式可能没有任何实质意义，但这种不完美却能引起许多人的共鸣。

　　艺术是人们对外界事物的一种精神掌握方式，人们对世界的认识，也包含人类对自身的认识是通过各种艺术形式来实现的。艺术最基本的属性是它的审美性，艺术活动是审美活动和意识形态的统一。

语言、声音、文字、绘画、音乐、舞蹈等是常见的艺术手段，人们通过这些方式把自己的喜好、情感、思想、想象表现出来。

另外一种艺术形式更高深了，它不是具体的，更多的是一种意识形式，这是一种宏观概念的艺术形式，如生活艺术、茶艺术、随性艺术。这时候的艺术是一种人和物之间的交流，这种交流抵达对方的内心深处，触动对方灵魂，达到和对方共鸣的一种概念性的东西。

它超越了事物本身的最基本的功能，不是单调的，无生命的存在。它区别于日常生活，焕发人们的想象，达到人物合一的最高境界。

文学家、科学家、艺术家之所以能冠于"家"字，自然是区别于同行的，更别说于我们平常人了。他们的行业贡献、人生哲学和人生感悟应该是达到了某一个境界、某一个层次了。

陈道明算是一位现代的艺术家，对他的艺术作品，我没有足够的知识来评价。但我对他的生活哲学却是相当欣赏的。身处复杂、繁华、混乱的娱乐圈，却能洁身自好，保持平和的心态，这些都和他自身的修养有很大关系。

他说：人活着是靠内心世界支撑而不是靠穷奢极欲去获取快乐。当一个人没有底蕴，轻易获得无形的、巨大财富的时候很容易丧失自我、失去纯粹，要么得意忘形，要么焦虑不安。唯一的救赎就是看淡这一切。

　　以前不明白有些人为什么对东南亚国家情有独钟，当我漫步在清迈街头，似乎有所感触，吸引人的就是这种悠闲，这种安贫乐道，这种安然若素。吾心安处是故乡，谁说只有锦衣玉食才让人生圆满？

陈道明出名后，有意识地让自己变为边缘人。不参加聚会、不参加应酬，把生活留给自己的家庭和兴趣。在他大红大紫的时候，开始大量读书、写字，凭兴趣做事。就怕自己淹没在功名下，迷失自我。

他弹得一手好钢琴，还会萨克斯、手风琴，他用音乐来获得内心的平静。他会在拍戏之余，画画、练书法、下棋、读书。他活成了他想要的自己。他表面看起来很高傲，内心里却是难得的清醒与自律。

他热爱家庭生活，他满腹经纶，却不炫耀。不为花花世界，不为世俗之名所累，他有一个洁净、从容、真我的精神世界。他是得道之人，肆意真诚地生活。

有些人也是把生活过成了大智慧。自发的生活态度，舒服自在地遵循本心生活，不为名利所困，不为金钱所累。随意自在，完美诠释随性的艺术。

世界上有一种成功，就是用你喜欢的方式度过一生。不泯然于众，只遵循内心真实的感受，欣然向前。

就像我前面说有贵族气质的人，除了他们的学识、风度、修养和对社会贡献外，更让人赞叹的应该是他们随性、超然的生活态度，遵循本性，不做作，不苟且。任它狂风暴雨，我自岿然不动。

对于有大智慧的人我始终是非常尊敬的。

第十七章

欲望决定生活方式

去过巴黎的人都知道，那是个非常浪漫的城市，学艺术的人大都将前往巴黎游历作为一生的夙愿。那里的雕塑、绘画、音乐、服饰、首饰、红酒对艺术家有不可抗拒的力量。

巴黎无疑是充满魅力的，巴黎的人很能激发自己的灵感和创作天赋，他们仿佛天生是艺术家。巴黎人思想是自由的，生活是很随意但同时又是最庄重和保守的。他们遵守规矩同时又豁达放松。

比如你在高速上看到堵车等待的人你感觉不到他们的焦虑、烦躁和恐慌，他们会静静地等待，寻找各种方式来化解无聊。

当然，法国人也会很疯狂地享受他们的生活。周末晚上开始，酒吧、饭馆、剧院，人头攒动，人们会穿着靓丽的服装，说着世界上最精细的语言，品着世界上最纯美的葡萄酒，唱着最优美的歌曲，嚼着最香甜的法式面包，尽情欢乐。

就在这一张一弛之间，每个人都获得最真实的生活感受。厨师会有更多的奇思妙想，艺术家有更多的灵感，歌手有更多的发挥。

在中国的高速公路如果堵车，你能感受到那种不安的情绪慢慢蔓延，人们开始烦躁、焦虑，然后会有人按喇叭，有人骂骂咧咧，有人高声唱歌，几乎所有的人都浮躁不安。

中国艺术家处在这种浮躁的环境中，这种情绪往往磨灭了他们的关注力和对美好事物的热情。而对物质、对权势、对享乐、对财富的过分追求使得人们更加不能跟随自己的内心去生活，我们往往偏离最基本的生活本质，用豪华的外表来掩饰我们心灵的空虚和心底的贫瘠，用奢华来彰显与众不同。

白岩松有过一个演讲，叫作"在中国，有一种欲望，与物质无关"，倒是深有感触。

他说：

"提到美国，大家想到的是什么呢？这是个现代化国家，生活节奏快，都市霓虹灯闪烁，酒吧餐馆歌舞升平，人们尔虞我诈勾心斗角，人情淡漠，人们的家庭观念淡薄，消费欲望极强，性方面非常开放，钱才是上帝。"

美国与欧洲一些国家，以及日本，在经历过发展之后，人们的脚步慢慢减慢，眼神重新纯净，他们回身寻找，重新回到人的心灵，回到生命本身。

在美国很多城市，过了八点找饭馆并不是轻而易举的事，很多餐馆都已经关门，过了九、十点更难，街上到处都很安静，包括纽约也是如此。上班的日子里，很难见到酒吧爆满夜夜笙歌的情景，只有周末会热闹一些。对于很多初到美国的中国人来说就苦了，于是有人开始怀念起中国了："要是在咱们那……"聪明的就去唐人街，果然，一进唐人街，灯火辉煌，看样子，中国人，真的把优良传统带到了美国。

大城市如此，美国诸多小镇更是如此。天黑不一会儿，静的让你心慌。不过一家家住户中透出来的灯光，告诉你美国人的温暖所在。在美国，很多人的办公室上都摆放着家人的照片，其乐融融的合影透露出美国人的家庭观念。

欧洲很多国家也一样，很多人还用着老式手机、老式电视机，并且不忌讳使用二手的家具、家电和服装。人们的脚步纷纷慢了下来，生活占据了生命的上风，追求发展和利润的想法慢慢被日常生活代替，人们的眼神，有一种单纯和干净的东西，人们似乎变简单了。

于是你会感叹：可能所谓的现代化时间长了，并不意味着向前走，而是回身寻找，重新回到人的心灵，回到生活和生命本身。

环境再度清洁，脚步逐渐放慢，人与人的相处变得简单，不再需

　　"美"这个字真的是千人千观点，没有一定的标准，非要说有的话，那能带来超越实物本身的，让人心情愉悦的享受的，便一定是"美"了。

要天天斗智斗勇。

10年前我住在加拿大。

加拿大人烟稀少，平静，干净漂亮。城里有城里的繁华，乡村有乡村的韵味。冬天白雪皑皑，夏天凉风徐徐，万物复苏，秋天满山五颜六色的枫叶，天空是湛蓝的，空气是通透的，非常迷人。

我和先生喜欢周末没事的时候到处转转，不转商场，就在大街小巷到处看看。加拿大到处是风景，一个转角，一个街口，都有你意想不到的独特风光。非常有意思。

我们很喜欢看房子，加拿大特别是魁北克地区，是英、法、美和其他世界各地的文化交叉点。房子的多样化就是各种文化相互融合的最直观的表现。每个房子的风格都会或多或少带着房主的文化、地域、品位和生活档次。

我们住在蒙特利尔的西山区，就在皇家山脚下。蒙特利尔大部分区都是以法语为主，西山区却是它的两个英文区之一。居住在西山区的人口占蒙特利尔的10%，但居民拥有的财富却占蒙特利尔的90%，居民收入远远高于其他区，整个地区的居民收入比整个蒙特利尔平均收入多出整整三倍。拥有最优质的学校、最漂亮的房子、最好的医院、图书馆和其他资源，居民以英美裔为主。

我们是穷人不小心住进了富人窝。

我们离开后，这个区闹独立。然后西山区就成了一个非常神奇的城中城，它的地理位置在蒙特利尔市中心，但却是一个独立的城市。这有点像梵蒂冈。

这么说我们就很容易理解西山区的房子有多么的漂亮了。每个房子都有各自的风格，绝对不会有雷同的，都带着主人的烙印。

你可以看到源于英国中世纪的"都铎式"，充满浪漫色彩的"法兰西式"，严谨典雅的"维多利亚式"，还有其他国家和民族特色的房子。那些房子大小不一，都各有千秋。

加拿大的很多房子都是主人一辈子或者几辈子居住过的，经过几代人的努力，真的可以用艺术品来称呼了。每次有朋友来访，我们会带着他们在社区里走走，欣赏居民的房子、漂亮的花园和马路，感受当地居民的生活氛围。

后来我们离开蒙特利尔到安省一个小城市生活，这种习惯还一直保留着。想要了解一个城市，首先从房子开始。

加拿大人都很热衷家庭生活，不论贫穷富贵，无论身份高低，周末都会亲自动手修缮房屋，在房前屋后种种花草，把家里整理得非常漂亮。每家的车库里都挂满了大大小小的、成套的工具。

周末修整房子，整理院子的时候，邻居们会在一起聊聊天，抽一支烟，甚至喝一瓶啤酒，孩子会在一起玩耍。路过的人也会驻足，看他们干活，也闲聊几句。

我回到上海在一个小区住了4年，我都从来没见过我的邻居的面。房主一下班回到家，一般都不会再出来。在院子里，在车库里干活的永远是工人。房主你是不容易见到的，就是见到了，也不会有任何交谈。

加拿大在房子的设计、建造和装饰中融入了他们对大自然的喜爱，对舒适生活方式的喜爱，融入他们对"美"的理解。

国人更重外表，对于如何建立美感，很大一部分人是不知道的。欧美人从小喜欢在博物馆和艺术馆、美术馆熏陶，对于"美"是耳濡目染的。他们对于"美"的理解有更加深的体会，漂亮的房子并不需要太多元素来堆砌，奢华并不意味着品位，随性自然，舒适，精致永远是他们追求的目标。

人的素质和审美是有关联的，这话听起来有点直白，但不可否认是现实。

加拿大人对于房屋内部的装饰更是把随性的特性发挥得淋漓尽致。不需要设计师，不需要设计稿，仿佛天生的，随时随地，新的、旧的、典雅的、富贵的、沉重的、轻快的，都能恰到好处的摆放。

他们仿佛天生就有"美"的艺术细胞。他们把从家具市场买来的或者捡来的石头、木块、枯草、花木，随心所欲，又像特意为之，把家里装饰得非常舒适、漂亮。

欧美人家里或多或少有祖辈留下的家具、相片字画、摆件。他们一般都不会丢掉，会一代传一代。

他们常常把祖辈留下来的东西穿插在现代生活空间里。古董和现代，相互扶持，相得益彰。实在放不下了，他们也会有摆摊儿，把家里多余的不想要的东西摆出来摆卖，寻求有缘人。

从摆摊儿我们常常能淘到一些古董、精品。有些东西，实在太古老，连主人自己都说不清楚它们的历史。

你要是有机会走进这种家庭，你会从他们的装饰、摆设感受到这个家庭的历史和变迁、家族的繁华兴衰。这些随性的搭配没有让人觉得突兀，反而增添了一些历史的厚重和沧桑。

每件家具、摆件、字画都有可能有一段家族历史，孩子们可以通过这些物件感受祖辈的期望，获得家族凝聚力。大家族尤为重要。

他们就在这种不经意间，用这种随意的安排就把家族的精神、家族希望传递下去。

家族的传承有物质的，也有精神上的，如家训之类的，有形或者无形都是家族延续传统的一种方式。物质的往往是最直观的。

加拿大人的花园布置得都非常漂亮，一般都是主人自己的杰作，许多东西像是主人不经意间的随手放置，同时又让人觉得非常和谐，一种自然的、浓浓的生活气息扑面而来。

加拿大人太热衷布置自己的花园和屋子了。闲暇时主人大多时间都会在院子里劳作，他们用自己的双手给家人创造一个非常美的生活空间。嬉闹的孩子，跑来跑去的几条狗，开满鲜花的院子，茂密的篱笆，劳作的或是在院子喝酒看书的主人，就像一幅恬静的世界名画。

加拿大的土地是私有财产，包括房子和院子，未经允许，不能随便进去。但是有个非常好的机会让你能够近距离接近甚至能够肆意的欣赏和触摸。那就是当加拿大人出售或者出租房产的时候而举办的开放日活动。

我和先生在周末会到无须预约的开放日活动现场。这下你可以光明正大地进入房子去参观。除非你需要，没有人会打搅你，你可以尽情欣赏房子的结构、布局和装饰。

这种开放日活动实在是太妙了。主人一般把开放日活动放在周末的某个时段。他们不会因为房子要卖出去或租出去，就会慢待房子。相反，他们很尊重房子，尊重每一位参观的客人，总会提前打扫得干干净净，甚至会特意铺上地毯，摆上平时不舍得摆出来的古董，换好新窗帘，摆上鲜花，点上蜡烛，放上音乐，有些主人还会摆好茶点和咖啡。

这种情况在中国只有参观开发商的样板房你才会有这种待遇，但是那些样板房实在是让人觉得乏味，他们就像一个模板复制出来的，千篇一律，毫无特色。一家就足够了。

所以我初到上海遇见的那一家出租房让我失望透顶，更加怀念那种尊重自然，尊重生命，尊重心灵的生活。

当我把我的房子出售或者出租的时候，我也同样会有开放日活动，同样是把房子打扫得干干净净，布置得很温馨。这是一种生活的态度，一种尊重别人的态度。

我和先生会静静欣赏房子的设计，参观的人也不会是大声喧哗的，即使是带有孩子的家庭，孩子也会是静悄悄的。大家都会静静感受主人的善意，感受主人给我们带来的这种装饰美。

你往往会得到意想不到的启发，原来很枯燥的无生命的东西经过主人的巧妙布置竟然这么有趣。那些凝聚主人心血的院子让你心旷神怡。他们没有专业人士的指导，不需要软装设计师，完全是按照自己的品位，自己对于美的理解布置出来的。

你的心会受到冲击，原来美就是这么简单，不需奢华，遵循本心，随性布置，便是最美。

前几年我装修自己的房子，虽然是有设计师的，但是后来我和先生把设计师的许多设计都修改了。

房子装好后，他推荐了一个软装设计师给我，给我家的家具布置提供方案。软装设计师，在国内还是很流行的，我要是不用，似乎也跟不上形势。

当软装设计师把方案给我后，我和先生都失望了，那些设计都是从网上抄袭过来的，设计师没有用心做设计。我记得一个有名的设计师说过，房子的陈设是要反映主人的性格的，陈设艺术是要有"房子的性格"的，而"房子的性格"就要体现主人的性格。

我的邻居们大多找的园林绿化公司来建造自己的院子，很少有人亲自动手布置自己的院子，国人更喜欢的是造好后的效果，享受建造的过程的人并不多。

国内大大小小的园林绿化公司非常多，我经常经过这些院子，它们毫无疑问，几乎所有的都是大理石、花岗岩铺满地，灯光、木围栏，要不就是一律的阳光房，把房前屋后围得密不透风，干净整齐，高大上。但我却总感觉缺了点什么，少了一些随意、少了一些自然。

我有一个小院子，以前园林绿化公司已经做好基础工作了，只是铺上了草坪，留了种花草的位置，没有做太多的布置。

我没有想好要做什么，也一直没太花心思去打理，后来，草长得越来越疯狂。小院子有点不太好看了。想请园林设计公司来处理一下，千篇一律地让我铺水泥、铺大理石或木板，怎么都打动不了我的心。

有一天，我从网上买了鹅卵石、青石、小围栏。没有任何的水泥钢筋这种大动干戈的工作。铺上鹅卵石、青石，扎上小围栏，把院子一番布置，种上花草，小院子漂亮极了。最重要的是这种摆设，将来可以随意改动，还没有花多少钱。

　　这个随性布置的花园给我极大的满足感和自豪感。随性的设计凝结了你的劳动，启动了你的智慧，它怎么能不让你满心欢喜，爱不释手呢?

　　我常常站在窗户面前，喝着咖啡，欣赏我的小院子。

第十八章

心境和随性生活

我自认为自己还算个随性之人。现在却越来越觉得自己是"伪随性"。

年少和年轻时候住在南方,南方夜生活很丰富,成长的环境也是比较随意的。那个时候经常去夜市吃小吃。炒粉、煲仔饭、田螺、糖水,无所顾忌,其乐无穷,那些小摊上的美食让你挪不开步伐,止不住嘴。

现在却不能和以前一样了,怕路边摊不干净,怕食材不新鲜,思前顾后,考虑的因素太多,哪里有以前的随心所欲?品尝美食的欲望自然是降低了。心态变了,便少了许多乐趣。

有一年我和先生去泰国清迈。清迈有个非常出名的周日夜市,现在都成了清迈的一个旅游景点了。周日晚上，在老街的几条街，当地商贩摆满了各种美食，有卖服装鞋子的，有卖当地特色产品的，有卖水果的，有玩的，有唱的，还有当街做按摩的，你能想象得到的这里都能找到。

街上人声鼎沸，摩肩接踵，游客蜂拥而至，尽情寻找当地美食和心仪的商品。他们都在体会当地人的接地气的生活。

我却是不能全身心去感受那种气氛。

夹着汗味的人群，简陋制作的小吃，有点廉价的小商品，甚至那个当街的按摩，我都没有勇气去尝试。当然，最后我们还是试了泰国有名的按摩技术，只是找了一家门面看着不错，比较大的专业店铺，虽然价格贵了不少，却让自己安心。

过多的考虑应该是我们不能随性生活的原因吧。我们往往有太多的想法、太多的顾虑，这些想法和顾虑限制了我们的行为，束缚了我们的想象，瞻前顾后，患得患失，不能随自己的心走。

我有时候会无目的地到处逛逛，不一定要买些什么，单纯地走一走，欣赏橱窗的摆设，看看现在又有什么新东西出来了，感受设计师的灵感。这点男人和女人可能有着天生的差异，我先生就是这样，他有需要才会去商场，他觉得没有目的地随便逛逛是在浪费时间。

其实他是心中杂念太多，没法放松自己，自然无法享受这种随意的快乐。不过有时候拗不过我，他也会陪我一起去，但却通常表现出

上海广富林遗址公园。先生是摄影师，他说他的职责是帮太太拍照。

被迫的、生无可恋的样子。

后来，为了解救他，也为了解救自己，我就习惯了自己去随意走走。

有一天我逛到了上海新天地，无意中进到了一个店铺，那个店铺似乎是香料调制店，出售成品香料，客人也可以进去亲自调配香料。那个店铺摆满了各种干花，还有些好像是从外面马路上随意捡来的树枝，不豪华，但让你感觉很自然、很朴实。

我就在里面慢慢走，服务员也没有理我，她们大概看多了像我这样的客人。不像是能成为她们的潜在客户的。

我就想着家里有几个宽口的不锈钢啤酒瓶，喝完后觉得很特别，没舍得丢，一直在地下室放着，前一天有剪下来的冬青树枝，是不是可以作为插枝呢？当时就有点迫不及待，同时有点雀跃，为自己的想法有点兴奋。

回到家，我就把那些树枝修剪好，放进那些啤酒瓶里再倒进水，摆在飘窗或和其他植物摆在一起。哎呀，还真有一番风味。最关键是废物利用，省钱，而且这些冬青树枝能保持很长时间，不像鲜花或者其他花草，最多能保持一周。

从此一发不可收拾，在路上看见漂亮的树枝或者其他植物都会捡回家，当作摆设。

现在的家居布置还真的流行返璞归真的，重归自然。我经常看到一些不起眼的小店非常用心，店主人化腐朽为神奇，他们往往能变废为宝，一段枯枝、一个旧篮子、一只灯泡、一个废水桶、一只破鞋子……看似随性，却又像很用心，摆放在一起，反而绽放出不一样的味道。

其实，美随处可在，就看我们有没有心境。昂贵的、奢华的家装是工艺品，平凡的、朴素的家装却是艺术品。

第十九章

咖啡和茶道

咖啡

有一阵子，我喜欢上了咖啡。后来和几个朋友一起去一个咖啡培训班学了一两期。不能说有多专业，总之自娱自乐却是足够的了。慢慢地，家里添置了咖啡机、磨豆机，那种简单的滴漏式咖啡壶自然是不用的。

虹吸式咖啡机煮出来的咖啡是我的最爱，用这种方法煮出来的咖啡让你的视觉和味觉都得到了极大的满足。据说它萃取出了咖啡中最纯粹、最精华的部分，尤其是咖啡豆的特性中带有那种爽口而明朗的酸，而酸中又带有一种醇香。虹吸式咖啡机煮出来的咖啡的那份香醇是一般以机器冲泡的研磨咖啡所不能比拟的。

当你看着透明的玻璃仪器中的水沸腾上升时，萃取成黑色的咖啡会回流，你静静地看着，油然而生一种感动和安详，煮咖啡和美学融合得淋漓尽致，这种实验室味道的禁欲让你更有掌控的成就感，这时候，煮咖啡的乐趣远远大于喝咖啡本身了，而那份浪漫更让它深受咖啡迷的爱恋。

相对于自动、半自动咖啡机，虹吸式咖啡机更能满足喜欢自己动手，享受过程的人。虹吸式咖啡机需要我们有足够耐心，平心静气才是它吸引真正的咖啡爱好者的魅力所在。

我喜欢上虹吸式咖啡煮法还是以前看了一个电视剧，叫《箭在弦上》。剧中出现过好几次高冷男主用虹吸咖啡机煮咖啡的镜头，浪漫、温情、悠然自得，加上悠扬的小提琴曲，当时就对这种咖啡煮法无可自拔了。那个时候就有非常强烈的欲望想要拥有这样一台咖啡壶。

我终于拥有了这样一台虹吸咖啡壶，很长一段时间我沉迷在煮咖啡的乐趣中，每天下午我都会用它非常虔诚地煮一壶咖啡，配着点心，来一个下午茶。每次有朋友到来，我都会忍不住向他们炫耀我的虹吸咖啡壶，那是紫金色的，高雅气派，高贵典雅。萃取出来的咖啡香气弥漫在整个屋子，深吸一口，浓香的咖啡充斥着口腔，直达心底，那种感觉，真是妙不可言。

不过咖啡这个东西，喝着喝着就会上瘾。虽然咖啡有诸多好处，

　　一部电影的煮咖啡片段就能让我对这款咖啡机魂牵梦绕，拥有它似乎是不二选择，陶醉在它煮出的咖啡的清香中，不知道是咖啡香味影响了心情，还是心情，回应咖啡的味道？

但是晚上还不能多喝，缺少咖啡的时候，真的是百爪挠心啊。

于是我只能控制自己尽量少喝咖啡。

茶道

平时没怎么注意，突然发觉好像一夜间，遍地是茶馆、茶艺工作室。小清新的，豪华的，在闹市区的，隐藏在安静的小巷子里的，在写字楼的，在民居里的，都各具特色。大概是我之前注意力都在咖啡馆吧，反而忽略了这些茶艺馆。

有一天去看个陶瓷展，那个陶瓷展在徐家汇一个小小的创意园区里。从展厅出来，时间还早，我就在周围瞎溜达。无意中闯进了一家茶艺馆，茶艺馆不算大，外面和一般茶馆差不多，摆放一些茶叶和茶具，往里走就是茶室，能隐约听到里面茶室里有客人传出来的声音，整个茶室倒是很安静。靠墙有个很大的茶台，有个挺漂亮的小姑娘在茶台上泡茶。小姑娘很热情，邀请我一起喝茶，我们俩就聊了起来。

小姑娘也就二十四五岁的年纪，她和另外两个朋友一起开了这个茶室。小姑娘说她的师傅是出家人，她是机缘巧合遇上她师傅的，但她不是出家人。小姑娘很有趣，教我很多茶知识。

小姑娘叫雯雯，雯雯很爽气，她说你不用去学茶艺了，有空到我这，我教你，虽然我不是专业老师，但教你不成问题。听得我好感动，雯雯还把她师傅送她的非常昂贵的一小罐茶叶泡给我喝，她说是她师傅在清明前特意到杭州西湖边守在茶农家里弄的，她一直没舍得喝，我是第一个让她破例开这小罐茶叶的。

我是怀着很虔诚，很感激的心情喝的那泡茶，清香，甘醇，茶水虽好，我更多的是感受到这个漂亮小姑娘的善意和热情。

后来她另外一个合作伙伴，也是一个小姑娘也回来了。我在她的工作室坐了一个下午，就喝茶、聊天，关于茶，关于茶道，关于旅游，关于生活。我不像是个无意中闯进来的一个客人，我们反而像是相识多年的好友。

雯雯说她们开这个茶室的原因就在这里，茶室的生意一般，但只要能撑下去，她们就愿意继续开着。日本茶道有"茶话会"，她们的茶道有"茶友会"，没有日本茶道的严肃，更多的是希望和有缘人的交流和分享。

日本茶道的"茶话会"，在茶室中宾客只能谈论与茶会相关的话题。不发牢骚，不抱怨，不谈论新闻、政治，或者私人生活。茶友只沉浸在这种恬淡中，和卷轴、花草、甜点、茶道融为一体，放松心情，活在当下，享受茶香。

日本茶艺师以"一面之缘"的心情来诚心礼遇每一位品茶的客人。茶艺师很是虔诚，很是专注，泡茶的过程犹如对待珍品古董般尊敬和认真。时间、流程、动作，一丝不苟。专注一种文化，专注一种艺术。日本人这种性格，对待艺术的严谨和庄重让人叹为观止。这正是日本茶道的独特之处。

宾客安安静静，仿佛任何一个细微的干扰都是对茶道的亵渎和对茶艺师的不敬。

茶会如此，人生亦如此，我们都要珍惜。参加日本的茶道会让你有种世事无常的感觉，苍凉而寂寥。享受相聚的欢娱，抛开俗事，让你的精神接受一次升华，灵魂得以安静与放空。

这就是"一期一会"的道理，也是茶的道理，更是人生的道理。

日本茶道最讲究"一期一会"。"一期一会"因为富于禅意，已经成为日本佛道、茶道的重要思想和概念。

我不太喜欢日本的茶道表演，太严肃、太正经，缺少了一些悠闲和轻松，缺少了一些享受。

中国从隋唐时期开始，人们就追求更高层次的精神需求了。当"柴米油盐酱醋茶"里物质的茶，慢慢转向"琴棋书画诗酒茶"里的茶时，人们就把茶道上升到了一定高度，单纯的喝茶慢慢发展到了"茶"和"艺"的结合。泡茶者向饮茶者和宾客展示茶的冲、泡、饮的技巧，把日常饮茶引向艺术化，提升饮茶的境界，赋予茶以更强的灵性和美感。

现代人对于茶艺的追求更是达到了炉火纯青的地步。茶艺现在不仅仅是一种展示，它更代表了一种生活艺术、舞台艺术、人生艺术。

茶文化艺术除了茶叶色香味的欣赏、茶具的欣赏与收藏，最高境界应该是悟道了吧，也就是通过泡茶和品茶感悟生活，感悟人生，探索生命的意义。茶艺的礼仪，是对宾客和茶叶的尊重以及交流的一种方式。

中国的茶道相对比较轻松。观赏茶艺师的表演，欣赏茶具，感受环境，让人心情舒适，灵魂放松，达到形式和精神的双层满足，更像是聆听一首美妙的音乐：清风、明月、松吟、竹韵、梅开、雪霁等各种妙境。

当你怀着虔诚感恩的心情去感受茶，而不是计较喝入口中的液体的味道和香气，把味觉转化为感受，茶缓缓从口中流到心里，你可能就明白了茶道对于茶人的意义了。茶道是精神的抚慰和灵魂的追求。

我已经有一段时间没有去雯雯的茶室了，不知道她那里又发生了什么有趣的事。

记不清自己是什么时候爱上喝茶的了。可能是从雯雯的工作室回来吧。

有一天，翻出家里的茶叶和一套紫砂茶具。这套茶具是很多年前一个朋友送的，很迷你，很精致，是紫砂工夫茶具，虽然平时用得不多，也是不舍送人的，已经放了有十几年了吧。一直没怎么用。

家里倒是很多茶叶，平时喝的不多，大多送人了。好像一直也没什么机会喝茶，其实细细想来，是没心境喝茶更确切。这一天，也不

　　有人醉酒，有人醉烟，而我在南方，经常是醉茶。茶是好东西，全民都可以喝茶，不胜酒力的对酒避而远之，不好烟的对烟深恶痛绝，但我没有听说过谁是排斥茶的。朋友一见面就是喝茶，从早喝到晚。万丈红尘三杯酒，千秋大业一壶茶。原来我们醉的不是茶，醉的是友情。

知道是怎么了，就拿那套茶具泡了茶喝。

开始也就是无意识地喝喝茶看看书，刷刷手机屏。晚上先生回来，看着新奇，也跟着泡来喝喝。

工夫茶和平时用杯子泡着喝不太一样，用大杯子泡茶的方式实在是糟蹋了茶，泡的茶叶不好喝，自然喝的就少了。

然后开始换各种茶叶泡来喝，茶也不像咖啡那样不能多喝，慢慢地茶叶消耗得很快。

喝着喝着，就有意无意地上网查查这些茶叶的区别和冲泡方式。这时候发现茶叶冲泡大有讲究，水质、水温、茶叶、茶具、冲泡时间都大有玄机。

慢慢地我对工夫茶冲泡有了兴趣。

先生也跟着我一起喝起茶来了，喝茶也是会上瘾的。慢慢地每天回到家的第一件事，就是煮水，泡茶，那是他最放松的时刻了。没有工作，没有手机，甚至和我没有交流。就是一个人，静静的，煮水，泡茶，喝茶。

茶喝多了，对茶叶和茶具就有了更高的要求。我们开始购买各种茶叶，开始寻找更心仪的茶具。

关于茶叶的好坏，真是仁者见仁，智者见智，没有统一的标准，并非贵的就是好茶，便宜的就是差的茶叶。适合你的口味，你喜欢，那就是好茶。喝茶喝的就是一种心境，一种简单而意味深远的感觉。

喝茶就是个方式，用最平庸的心来泡茶，慢慢欣赏茶叶在热水中的绽放，茶水的变化，细细品味，感受生命的点点滴滴，放慢脚步，让自己的心慢慢平静下来，这就是茶道的意义。

天气好的时候，我会邀上一两个朋友，泡上一壶茶，在院子里喝茶聊天。晒着暖阳，吹着凉风，欣赏满院的鲜花。生活真的好美。快乐不需要太多金钱，不需要刻意，一壶茶，几个知己，足矣。我们算不上会品茶，只是借着喝茶享受时光，享受这种相聚和美好。

我写作的时候左边是电脑，右边是茶具。一边写，一边泡茶喝。喝茶成了我生活中不可或缺的一幕了。有一次，先生出差，在达拉斯转机时，抽空给我发了条短信报平安。坐了十几个小时的飞机，我问他累不累，他给我的回答是："还好，就是胃开始觉得油腻，想喝茶了。"

我当时就笑出声了，觉得他真矫情。他却觉得即便不是他的心想喝茶，他的胃已经开始思念茶了。

去年先生出差到济南，我也跟着一起去。他一大早出去开会了，我起得迟，在餐厅吃好早餐，拿了一杯咖啡在靠窗的位置，济南那天的天气不好，下着蒙蒙细雨。咖啡不太好喝，太苦，但是那杯咖啡却让我有理由坐在餐厅里不至于尴尬。这个时间点，餐厅客人不多，服务员都在为午餐做准备工作。

我坐在餐厅的一个角落，正对着酒店的小广场。小广场空空荡荡，小雨滴滴答答下着，有点寂寥。我倒是自得其乐，看看书，喝着那杯难喝的咖啡。

直到餐厅服务员提醒我午餐时间已到，我得把位置腾出给用餐的客人。

外面下着雨，潮湿，天气有点闷热。这种天气实在不适合出门，湿哒哒的让人心情无法清爽起来。待在有空调的酒店无疑是最明智的选择。

我从一楼逛到三楼，公共区域都走了一遍。酒店今天有很多其他单位举办的活动，人挺多的。有一家美容机构有会议，我走到会议室门口，本想进去听听。发现所有参会的人员都穿着粉红色的服装，自己的穿着就这么走进去实在有些别扭。

我有一次在广州万豪住的时候，没事干，随意跑到人家的会议厅瞎听，就在那一次，有一位女士做了个专题讲座。后来有时在网上，杂志上看到这个名字，才知道财经界有这么一号人物。

实在没有什么可看的了，就回到了房间。

我的房间在23楼，风景不错，房间的一面是一扇落地窗，能看到济南的全景。

有恐高症的人住在这种房间绝对是个噩梦。我就站在窗户往外看。有烟雾，远处看不太清楚，近看和一般城市没有什么区别。

下面是个十字路口，不是上班时间，车和行人不是很多。路上行人步伐缓慢，这个城市节奏应该不是很快，生活应该是比较悠闲的。

　　想去酒店的水疗中心做个桑拿，临出门才发现泳衣没有带，只好作罢。

　　南方城市，特别是潮汕地区，酒店一般配有工夫茶具，中原地区或者北方酒店通常不会有。

　　我是随身带有便携式茶具的。既然没有出门的欲望，就拿出茶具，开始泡茶。茶叶也是从家带来的白茶和大红袍。

　　这是我第一次到一个城市一整天没出门，就窝在酒店里，泡着茶，读一本书，听着手机里的音乐，好像有点禅定了。

　　直到先生开了会回来了，带我出去觅食。

第二十章

陶艺艺术

刚上大学时候，懵懵懂懂，对大学生活充满了期待，同时又有些紧张，环境很陌生，惴惴不安，为了显示自己的成熟，总会做出一些故作老练的行为。青涩又故作成熟，老生都是过来人，很理解，总会一笑置之。

交大的电化教室周末经常会放些经典的外国片。一到周末，大家早早地到电化教室占好座位，也有外校的同学过来看的，当然是得本校学生带领一起来的。

那时候特别羡慕我先生他们那些老生，他们总有方法占到位置，特别是好位置。我们是早早过来占座，他们是姗姗来迟，一伙人旁若无人，谈笑风生，有点帮派的感觉。

《人鬼情未了》《教父》《魂断蓝桥》《阿姆斯特丹的水鬼》是那时候非常火爆的电影。

已经忘了和谁去看的了，现在想来，大学四年在心里的印象竟然是这么的模糊，只有依稀的印象，更别谈细节了。

但那首*Unchained Melody*和男女主相拥做陶艺的画面却从此印在脑海里，挥之不去。电影满足了少男少女对爱情的憧憬和想象。

美莉对萨说："闭上眼，感受细泥在指尖划过的那种感觉。"

男女主十指相扣，黏土在他们的手中起伏变化，老式的留声机，昏暗的暖色调灯光，缓缓转动的泥坛，这一切将我们带入到一个绝美的爱情童话里。

那是第一次对陶艺制作有一种悸动。毕业后，忙着工作、结婚、生孩子、出国、读书、回国、育儿。即使是时常会听到这首歌曲，却是不再引起丝毫的波澜。平淡的生活总归会占上风，梦想很多时候都会屈服于现实。

苏画喜欢木艺，她在上海的木工坊学过一段时间的木工艺，能做出不错的木碗、木碟和一些工艺品。有段时间没见她了，后来知道她到景德镇学陶艺了。

她说景德镇有最好的陶艺艺术家，最好的陶艺馆，最好的陶艺制作氛围。她离开上海，在那里学做陶艺，还打算学成后和朋友一起租个地方做作坊，闲暇就去做做陶艺。

她认识了许多和她一样热爱陶艺，从各地奔赴而来的陶艺爱好者。他们一起做陶艺，一起分享制作陶艺的心得，很开心。

我对苏画是有些羡慕的，更确切地说是佩服的。我总归不如她能为了爱好，离开家去追求自己的梦想。她更加随性。

现在市面上有很多的陶艺作品都非常漂亮，不需要多大的价格你就能买到自己心仪的陶艺作品。

对陶瓷我们只是单纯的喜爱、欣赏或者拥有。对陶艺爱好者来说，他们对陶艺有更深的情感。我们的欣赏只是停留在那个瓷器的物件表面。

对陶艺爱好者来说，陶瓷已经不只是"容器"了，陶艺是一门艺术，是绘画、雕塑、设计、工艺美术和时代特定历史的综合艺术。

苏画自己去学做陶艺，她追求的不仅仅是那个容器本身了，而是制作陶艺带给她的快乐。她应该是快乐的，遇到和她一样的志同道合的发烧友，得到的是心灵的满足。这和虹吸式咖啡机煮咖啡一样，过程往往更加让人心动。

对有梦想并敢于追逐的人，我们总会钦佩的。

第二十一章

烹饪艺术

以前看过一篇介绍德国家庭厨房的文章。德国人的厨房会让你瞠目结舌、目瞪口呆。德国人的厨房我没亲自在德国见过。据说他们的厨房就像是实验室，量杯、量桶、电子秤、计时器、温度计、搅拌器、挤汁器、切面包锯子，整套的厨具，各种案板，森然排列，俨然一个兵器库，还有各种各样的食材、调味料。林林总总，中国人看到最后往往不会做菜了，在这些厨具面前不知所措、无所适从。

我们总笑说，德国的家庭主妇是世界上最万能的，毕竟熟练使用、掌握这些厨房用具也不是那么容易的，需要智慧。

姚馨嫁了位德国人，她家里确实好多很有意思的厨房小玩意，该有的都有了，就是没有文章上说的那么离谱。

　　她也会做糕点，她和鞠姐姐一样，在用料上总是会非常精确，所以她们每次谈论配方，里面有多少克多少克的用料，我总会头疼。

　　这点，豆豆家也一样，豆豆的先生爱做饭，他做饭不会苟且，总要有合适、专用的厨具。豆豆曾经说过，他为了蒸个大闸蟹，还特意去买了个锅。

　　经过这么多年，她家里有各式各样的厨房用具。她家有两个厨房，平时用西厨，中式厨房里堆满了厨具，很多只用过一次，有些甚至没拆封。这些厨具把豆豆弄得不胜其烦，实在是太多了。

　　中国烹饪不但有着悠久历史，而且在长时间的发展演化进程中，经过劳动人民的演化，形成了它独特的特点。

　　这个特点就是它是为创造味觉服务的，在满足生存和健康的目的的同时，非常重视味觉享受。这一点与西方的烹饪文化有些区别，西方的烹饪视觉是第一位的。

　　正是中国人对味觉的执着追求，促使中国烹饪走向了艺术。味道是烹饪艺术的核心，味道的好坏也是人们评价烹饪好坏的最重要的标准。当然，随着生活水平的提高，中国人对吃的标准已经不仅仅停留在味道的层面上，我们同时追求食物色香味形的多重享受。

　　中国烹饪更是一门调味的艺术。调味于食物的味道尤其重要。厨师就是应用调味品来创作的艺术家，厨师的随性发挥能取得非常惊艳的效果，现在的中餐烹饪可以说是达到了顶峰，烹饪技术空前繁荣。

周末聚会。

中国人会根据食材本身的特性，发明出不同的烹饪方法。很多美食珍馐其烹饪方法很简单，但是味道却是极其美味的。

我们常用"火候不致"来评价一款菜肴没有达到预期的口味，这个"火候不致"就是个只可意会不可言传的说法，西方烹饪遵循定量、定时、定温原则。他们更注重标准。

中国人最厉害的地方，是能够因地制宜，随性采用多样化的原料来烹饪食物。这种烹饪上的天资在中国南方人身上更是体现得淋漓尽致。民间有句老话：天上飞的、地上跑的、河里游的，只要是活物，都可能是南方人的食材。比如内脏，在很多西方国家被抛弃的，但经过劳动人民的各种即兴发挥，都能烹饪出非常受欢迎的名菜。

可以说中国人对味觉的极致追求造就了烹饪艺术，也可以说中国的美食养刁了中国人的胃口，从而促使人们不断地发明更多的烹饪方法。

西方人比较依赖食谱，他们烹饪时严格按照食谱操作：食材、调味料、水、火候，用量很准确，烹饪时间也是事先设定好的。烹饪好的食物摆上桌子通常很漂亮，味道也很稳定，同一道菜肴不同的人做出来的不会有非常大的区别。他们更关注是摆盘的效果。西餐，我认为用摆盘艺术来形容可能更加精确。

中餐就不一样了，从食材的选择，质量、用量到烹饪时间，很多时候是模棱两可、含含糊糊的。以前的学徒跟着师傅学手艺的时候，师傅都是言传身教，不会有什么菜谱的具体描述。

我们常听见中国人烹饪说法是"适量"，西方人一听，傻眼了，"适量"是多少？

中餐更考验厨师的随性发挥，厨师的喜好、心情、技术，厨具使用的顺手程度，都会体现在他做出来的食物里。同样的食材，同样的烹饪方法，每位厨师做出来的味道绝对不一样。这就是为什么中餐有这么多的派系。每个地方、每个城市，南北方、东西方的菜系都有着非常明显的区别。从烹饪方法，菜式到口味，南辕北辙，绝不雷同。

我更喜欢做中餐的随性发挥。烹饪和做其他事情一样，没有必要拘泥于所谓的菜谱，跟随自己的内心，随意搭配。也许会不如按照菜谱那么美观和美味，但是更接近我们的胃。

家常菜给人带来的不正是这种居家的感觉吗？

我先生会通过我做的菜推测出我的心情和状态。他有时候会说，你今天心情不好，我问他为什么这么问，他说，菜味道不对。我不知道他怎么有这种想法。但是饭菜确实能反映烹饪者的情绪。

节假日一家团聚，满满一桌子的菜，看起来让人垂涎欲滴，事实上有时候那个菜一点都不好吃，但是心情好，开心，连食物都变得更美味了。

我女儿就和我的烹饪风格不一样。她有时候兴趣来了，想做一样美食，她会上网搜寻烹饪方法。她会制定详细的计划，设计完美菜单，然后到超市挑选食材。烹饪的时候，她严格按照菜谱的要求。确实，她做的菜卖相很好，味道也不错。即便她严格按照程序，还是有失败的时候。也因为如此，家里有时候就多了许多不常用的食材。后来她上学后，没有太多的时间和精力来精雕细琢，反而学会了因地制宜、就地取材了。

我会偶尔看看烹饪的书和文章，更多的，还是喜欢因地制宜，使用现成的食材。我的原则是有什么做什么，看看冰箱里有什么可以利用。

我先生有时候打开冰箱，他会觉得冰箱空空的，没有什么可以做的，其实他是在脑子里想象好了菜单，当发现冰箱里没有这种食材，大脑给他的反应就是冰箱里什么都没有。

我就常常能从他认为什么都没有的冰箱里找出食材，做出一顿美食。我给自己用个词来形容，就叫信手拈来吧。

利用现成的食材来解决问题，我认为这是一种心态、一种智慧。用现成的材料巧妙发挥，不仅仅是烹饪的一种方法，也可以看作是一种生活态度，变废为宝的态度。

烹饪总是让人联想到毫无家庭地位的蓬头垢面的家庭主妇，联想到烟熏火燎、锅碗瓢盆的杂乱。很多年轻人一点都不会烹饪，或者说不愿意去烹饪吧。或许这种沦为家庭主妇丧失自我的可悲人生的历史故事让她们下意识地逃避吧。

真正聪明的人，会把厨房当作自己的阵地，把一家人的胃，一家人的心都笼络在这里，追求一种最普通、最简单、最真实的幸福。胃离不开了，心怎么会远离呢？

当你真正爱上一个人，你便会心甘情愿为他（她）煲一锅汤，煮一碗米饭，把你的爱和关怀藏进这一汤一水。

有位女作家说过：厨房的温度，很大程度决定着一个家的温度。

烹饪是一种生活艺术，也是一场人生修行。锅碗瓢盆酱醋茶，道尽人生百态和酸甜苦辣。一餐饭可以做得秀色可餐，活色生香，可以做成艺术品，能把柴米油盐酱醋茶做成琴棋书画诗酒花的人，怎么会是对生活苟且的呢？

古人说家要有烟火味，我想说应该是一家人围着桌子，享用食物，相互交流的那种家的味道吧。

我妹妹也很会烹饪，她不需要食谱，随性发挥，仿佛天生就会似的，她做的菜味道真的很棒。我想热爱生活的人总不会拒绝给家人做一顿美食的。

烹饪，实在是一项令人愉快的事，通过自己的劳动和努力，通过自己的随性发挥，做出各种精美的食物，让家人和朋友享用，那种成就感和满足感无以言表。

我就喜欢和朋友在一起分享美食，分享烹饪的秘方，八卦八卦，享受轻松的慢生活。

美食可以果腹，更可以治愈痛苦。所以不要拒绝下厨，不委屈自己胃的人，不会委屈自己的心。做饭本身就是一门生活艺术，当你爱上做饭，你会让你的生活更加美丽和有滋味，那方寸之间上演着人间烟火，调和着人间五味，蕴含了许许多多的爱。有时候，平平淡淡，就是诗和远方。

我先生是很好客的，我们经常邀请朋友到家里相聚。天气好的时候还会烧烤。有一年，我们在最热的夏天连着开了三场烧烤聚会，那个时候室外的温度高达37摄氏度。

大家都非常喜欢这种聚会，自由、放松，不担心影响别人，也不担心时间。男人有男人的玩法，女人有女人的玩法，孩子们更是乐不思蜀。这个时候，他们的父母是最宽容的，不需要做作业，不需要去学习班，不需要讲究各种规矩。

这个时候，我是最忙的。我会提前准备好各种食物、饮料。要考虑男人喜欢吃什么，女人喜欢吃什么，还要考虑孩子的口味。有些朋友也会带拿手的食物过来让大家一起分享。

我先生有个朋友，每次聚会都会拿一两瓶非常珍贵的老酒过来，但是他滴酒不沾。我们说他是我们的老酒供应商，非常有心。后来我都怀疑每次召集聚会，那些男人是不是就是冲着他的老酒才那么热情响应的。

男人大多喝酒，有时候喝多了，就会唱歌。我家有个唱歌的地方。这时候，你会听到各种鬼哭狼嚎、丑态百出的样子。没有人在意，没有人介意，我们会看着那些平时衣冠楚楚、严肃认真的男人是怎么样放松自己的。

　　我先生说男人只有在喝的有点量的时候才会这么放下戒心，这么放松。女人这个时候也是宽容的，没有人去制止，没有人去干涉，就这么随着他们。

第二十二章

街舞——最随性的舞蹈

20世纪60年代末，美国城市黑人贫民中产生了一种舞蹈，这种舞蹈随心所欲，没有固定的动作，纯粹是黑人的自娱自乐的一种方式，黑人青年往往在街边跳，风格各异，人们称之为街舞。

这种舞蹈后来被归纳为嘻哈文化的一部分，80年代传入中国。它的独特风格在于注重身体的协调性，重视身体上半身的律动及头部、手部的动作。

街舞应该是最随性的舞蹈了吧。它的动作非常随性，基于不同的街头文化或音乐风格，轻松、随意，自由变化。它之所以在年轻人中能迅速流行，正是它不拘一格，节奏感强烈，反叛色彩浓烈。

街舞并不像其他舞蹈需要很强的基本功，许多舞蹈戏曲、杂技专业人员和一般平民百姓都可以跳街舞。只要动作松弛，随意，大部分人都可以跳。跟着舞者的心，非常随意，有技巧，观赏性也非常强。

它没有什么特定的动作和特别的基础。练习街舞的服装也很随意，多样化：篮球服，大号T恤，拖地多兜裤，宽大的牛仔裤，棒球帽，紧身背心，运动鞋都可以选择。

跳街舞不受时间、地点的限制，没有任何约束，可以让你的大脑想象力，创造力发挥到极致，动作优美，自由发挥，随心所欲。最吸引人的是以全身的活力带来热情澎湃的感觉。韩国人甚至把街舞当成国家三大经典舞蹈之一。可见街舞在年轻人中受欢迎的程度。

我最早看的一部街舞电影是《舞出我人生》，电影中的街舞动作千奇百怪，层出不穷，风格各异，舞者跳的酣畅淋漓，是真正的用心跳舞，是情绪的释放。

街头舞蹈随意自如，年轻人释放活力，张扬自我个性，轻松，随意，不顾一切地展现魅力。街舞还有着丰富的内容和趣味性，舞者可以随意添加自己喜爱的动作，只求展示自己的魅力，不拘一格。

虽然经过这么多年，街舞被人跳出了专业化，但它的轻松自如还是一如既往感染了许多人。街舞发展到现在，已经成了一种文化。

有一阵子，我也去学着跳街舞，才发觉这种最随性的舞蹈也已经不是那么地随性了，动作太难，当人们把任何一样运动或者爱好变成了专业，它就是偏离了大众能承受的了。但是当音乐一起，你还是受到了感染，动作不规范，不流畅，又会怎么样呢？街舞的魅力就是它的随心所欲。

　　街舞文化，它的美丽就在于完全释放自我，表现自我，无拘无束，所有的喜怒哀乐淋漓尽致地表现出来。它或许没有主题、没有内容，纯粹是心灵的释放。

第二十三章

葡萄酒文化

家敏是"80后"，美丽、知性而独立。她是做红酒贸易的，代理的是意大利葡萄酒。闲暇时，会提着一瓶酒到我家和我一起喝个下午茶。她代理的酒里有一款白葡萄酒，琥珀色，很漂亮，入口甜滋滋的，非常适合下午配着甜点或者巧克力喝。

她说许多年轻女孩爱喝这款酒，有恋爱的感觉，甜蜜、温馨、浪漫。我是不太能喝酒的，和家敏在一起的那个下午倒是能喝上一杯。大概是酒的甜蜜让人不忍拒绝吧。

家敏的葡萄酒生意做得不错。我是很佩服她的，这是一个很能干的女生。她大部分时间都在意大利游荡，之所以用游荡这个词，是因为她居无定所，穿梭在意大利的各个角落。像个独行者、诗人，又像是寻梦者，总之任何一个词都没办法描述她这种状态。

我说她更像酒神，帮有缘人寻找美酒的美丽女神。

我开始不太明白她是怎么做生意的，她大部分时间都在意大利，国内的生意不太打理，却也能蒸蒸日上。即使是在经济环境不太好的今天。

后来，我进到了她的公众号，才对她有了更深的认识，也愈加佩服她了。别人是卖酒，她用她独特的方式通过游记传输给客户的是酒的文化。她把生意做成了艺术。

我是很认真的把她的游记都看了，跟着她的脚步从意大利南部的苏莲托到米兰西部地区布雷西亚，意大利伦巴第大区到西南部的马雷玛到托斯卡纳中心地带，从蒙塔尔奇诺到西部的宝格丽。

跟随她的游记，和她一起欣赏自然风光，游历美得让你窒息的小镇，吃当地最好的美食，住在充满了故事的酒店，走进当地人的家中，参观那些充满历史感的古堡和收藏了无数珍宝的博物馆，再在富丽堂皇的歌剧院听一场意大利歌剧，然后就是置身于充满爱和激情的各个葡萄园和酒庄，听她介绍各个酒庄的发展和故事，葡萄酒的种植、酿造、特点，晚上再来个葡萄酒晚宴，聆听那首古老的《重回苏莲托》。

我常常会沉浸在意大利各个地方的风土人情、历史文化、名胜古迹给我的震撼中，感受意大利人的浪漫及热情，品尝各种各样的葡萄。

我就这么跟着她，在她妙笔生花的游记中和她一起游历意大利，那个陌生的国度让我有了无限的遐想和想要去探索，想要去经历的欲望。

我在想，是什么样的力量和动力促使这样一个羸弱的女生孤身行走在陌生的国度，走遍意大利的角角落落，用她满腔的热情和才气写出这么一篇又一篇的文章，让我们享受一场又一场的意大利文化盛宴，让她的朋友，她的客人，有缘读到她的游记的陌生人了解意大利这个国家、了解葡萄酒？

应该是出于热爱吧，热爱旅游，热爱葡萄酒，更是热爱这种无拘无束，放飞自我的随性生活。打动她的不是那些美丽风景，而是旅行背后的故事，那些故事给她的感动和感悟。

后来我听说，看了她的游记的人，都会购买她的葡萄酒，好些人甚至跟着她一起到意大利各个酒庄去旅行。他们想要喝的已经不是那瓶葡萄酒了，他们想要的是酒里蕴含着的故事和想要体会葡萄酒庄里面神秘、梦幻的生活。

她就这样用她的方式把葡萄酒的文化悄悄地，但是强势地装进我们的心里，它挥之不去，让人魂牵梦萦。

我心底暗暗下了个决心，有朝一日，我一定要跟着她来这么一趟意大利的葡萄酒文化之旅，和她一起去喝遍意大利的各种葡萄酒，一定！

这时候，我又怀念起了居住在加拿大的时候，和先生带着尚年幼的女儿横穿魁北克省的经历了。那种说走就走的，无须做许多准备的长途自驾旅行，如今是越来越没有勇气去实现了。

《遥远的救世主》主人公丁元英说：文化产业，文学，影视作品是扒拉灵魂的艺术，如果文学、影视的创作能破解更多思维空间的文化密码，那么它的功效就是启迪人的觉悟，震撼人的灵魂。这就是众生所需，就是功德，市场，名利。

我想说的是旅行比文学、影视更高层次了，它更是能净化、震撼人类的灵魂，甚至改变你的灵魂，带给你的心灵满足就不仅仅是文学和影视作品所能比拟的了。

套用网络上比较矫情的说法：旅行的意义是一场自我心态的修炼，当世间繁华落幕也能泰然处之，那个时候你的心里和包里可能装的就是整个世界了。

因为家敏的游记，我便产生了想要了解葡萄酒的想法。后来机缘巧合，得以参观一些葡萄酒的博物馆和酒庄，对葡萄酒更加神往了。

对于葡萄酒，我总是把它和浪漫、养生和品味联系在一起，同时也认为它是享受的档次的代名词，人们赋予葡萄酒的各种想象远远超过白酒和啤酒，这大概是葡萄酒起源和发展过程中的各种故事所致吧。它往往伴随着庄园、贵族、艺术、优雅、浪漫、奢华、音乐、随性自由，给人以无限的猜想。

苏美尔人的信仰是最早有记录的信仰，后来的美索不达米亚神话、宗教和占星学都是从它那里起源的。苏美尔人很早就开始有人工灌溉的葡萄园了。苏美尔人也是最早进行规模化葡萄酒生产的民族。后来，种植和酿酒技术传到了古埃及。

公元前3000年在古埃及王国时代，就已经有了葡萄酒和麦酒，麦酒就是现在的啤酒。那时候的葡萄酒昂贵，只是给法老、贵族、祭司和皇族饮用的，一般贫民百姓只配喝麦酒，麦酒价格低廉。这是身份地位、权势金钱的象征。贵族的墓葬中也常常会出现葡萄采摘和酿造情形的壁画。

葡萄酒宗教故事的流传源远流长。

葡萄酒在天主教的眼中一直是神圣的，他们一直将红葡萄酒视为耶稣的血液。在各种仪式中必不可少。许多教会或多或少都拥有葡萄园和葡萄酒庄。一直到现在，法国和奥地利的多瑙河畔，还有不少的修道院还在生产葡萄酒，供教会需要和对外销售。

中世纪欧洲天主教"西多会"修士是传统酿酒灵性的鼻祖，许多修士是当时的葡萄酒酿造师。他们对葡萄品种的研究与改良非常沉迷。为了寻找合适的土壤，他们会用舌头去尝、分辨土壤中的成分，也是他们培育了欧洲最好的葡萄品种。

这些虔诚的修士们创造了当时世界上最美味的葡萄酒，他们在这些过程中，追随的是一种内心的平静，在这种与自然的纯粹交流中，发现上帝，追随上帝。

正是这些修士把葡萄酒世俗化，把葡萄酒的发展推向了顶峰，在中世纪空前繁荣。

希腊文化也有关于葡萄酒的传说，希腊文明源于爱琴文明，他们是西方文明的鼻祖，希腊的酒主要是葡萄酒。古希腊人把葡萄酒视为人类智慧的源泉。在各种装饰物中随处可见葡萄，葡萄园标识及各种盛满葡萄酒的泥陶器皿。

柏拉图说过："上帝赐予人类最美好的东西，莫过于葡萄酒了。"在人类文明发展的7000多年历史中，葡萄酒已经成为人类活动不可缺少的了。各种葡萄酒产生并由此衍生出来的酒诗、酒经、酒令、酒艺、酒歌、故事、传说，逐渐形成并丰富了葡萄酒文化。

在印度的吠陀文明中，人们在生活中发现了酒的种种功能，感受到了酒的魅力。但又无法诠释这种功能和魅力，干脆视之为无所不能的神灵，对它顶礼膜拜。古印度神话中的酒神，后来演变为"月神"的称谓。人们对于酒神苏摩是非常崇拜的。

西汉建元三年（公元前138年），张骞奉汉武帝之命，出使西域，看到"宛左右以蒲陶为酒，富人藏酒至万余石，久者数十岁不败"。随后，"汉使取其实来，于是天子始种苜蓿、蒲陶肥饶地……"从西汉中期，中原地区的农民便会以葡萄酿酒，并将欧亚种葡萄引进中原了。

　　但是葡萄酒的盛行从唐朝才开始得到了飞跃。那时的唐朝国力强盛，对外贸易得到飞速发展，各个国家的使者纷纷来到大唐，同时也带来了葡萄和种植技术以及酿造葡萄酒的技术。

　　大唐皇帝唐玄宗和杨贵妃非常喜爱葡萄酒，大唐昌盛繁华，皇孙贵族对于葡萄酒的热爱，自然会带动百姓对于葡萄酒的认识，从而促进葡萄酒在中国的发展，这也是葡萄酒文化在中国能够流传至今的一个重要原因。

　　可以说，葡萄酒几乎和人类历史一样漫长。葡萄酒给予人类慷慨的抚慰，给予人类无私的勇气，也给予人类对未来的希望。

　　人类给予葡萄酒以至高无上的称赞和地位。它代表的是品位、地位、希望和欢乐。人们对于葡萄酒是虔诚的、尊重的，尊重上天赐予的这种琼浆玉液，感恩美好的生活。

第二十四章

刘哥

刘哥是我们在加拿大的朋友。那时候我们都在求学，他的儿子和我女儿是一个班的同学。平时因为孩子常在一起玩，我们接触的也比较多。

刘哥是个有故事的人，年轻时候学画画的，后来到了法国巴黎求学，随后做起了贸易。

那个年代中国和欧美的市场不像现在这么开放，做这种贸易并不是很容易，做的人并不多。刘哥家族是有一定的能力的，他常年旅居巴黎，精通法语。欧洲尤其是法国，附庸风雅的人很多，他的生意自然是不错的，这也让他积攒了大笔财富，早早实现了财务自由。

后来，他有了儿子，不知道什么原因，和太太离婚了。最后独自一人带着年仅3岁的儿子移居加拿大。

刘哥儿子出生的时候他已经40多岁了，在我们那个圈子里算是年纪比较大的。他的经济条件也是我们之中最好的。我们认识他的时候他在蒙特利尔已经住了一年。

他很低调，穿着朴素，早生华发，彬彬有礼，不会轻易动怒，非常谦和，经常背着双肩包，总之从外表，你是绝对琢磨不透他的。

我不知道他是天性如此恬淡还是经历了什么让他变得如此与世无争。他实在是不像一个商人。

刘哥在皇家山脚下买了一套公寓，离蒙特利尔医院和蒙特利尔大学不远，两条街外就是蒙特利尔最著名的圣凯瑟琳大街。公寓不算大，住户大部分都是中老年人，也只有中老年人有这个经济实力买这里的公寓。有门房和室内游泳池，条件是相当不错的了，闹中取静的黄金地带。

和他儿子一起玩的还有另外3个小朋友。我们这几个家长都是年纪相当的。他家条件好，人也随和，他会经常邀请我们去他家聚餐。刘哥不擅长做饭，平时他应付和儿子的一日三餐没有问题，但人一多，他就傻眼了。所以每次都是我们带着食材到他家去烹饪。

刘哥家里的家具都是从国内运过去的，据说有些是有些年头的。他家里很多CD、DVD、书和画画，那些CD、DVD都是中文的，他和儿子经常看这些中文连续剧，所以他儿子的中文在我们的孩子中是最好的了。

他搬到蒙特利尔后，没再工作，法国的生意也基本停了。他每天的工作就是接送儿子上学。儿子上学后，一个人就背着双肩包，转遍蒙特利尔的大小画廊、博物馆和美术馆，蒙特利尔号称"北美巴黎"，艺术氛围是毋庸置疑的了，何况他本身是学艺术的。

刘哥和他儿子的生活很规律，除了我们，他接触的人也不太多。他儿子5岁的时候就开始学钢琴，孩子的天赋不错，刘哥发现他儿子有点天赋，就有意识地培养孩子了。他对他的儿子很严格，同时又很开明。他从来不打他儿子，也不骂。他儿子也很听话。

他们俩的生活很简单，喜爱运动，孩子上学回来就游泳，然后孩子练琴，他做饭。饭后，父子俩就会看中文连续剧，或者下象棋之类的。周末和我们一起出去玩或者去爬皇家山、打球、游泳。他的儿子虽然是单亲家庭长大，却一点怪癖的脾气都没有，性格很开朗，待人很有礼貌、很阳光的一个男孩子。

2007年我们离开蒙特利尔，2018年女儿大学毕业我们一起回去过一次。他儿子已经长成了1米80的大小伙子，是一个小有名气的钢琴家了，音乐的熏陶让他带有一种儒雅的气质。多年未见，稍稍有些羞涩和腼腆，他还是像小时候那么彬彬有礼。相比之下，我女儿看似显得比较狂野了。

刘哥虽然是一个人带着孩子，家里却是非常整洁，东西很多，都摆放得井井有条。还是老习惯，我们到达的时候，拖鞋已经在原来的位置摆放整齐，位置一点都没变过。

他家大门是中间开的，右边有通道，是通往卧室和卫生间，地上还是灰色的地毯，正对大门右边手是给客人用的衣帽间，一堵墙的大小，所以也放洗衣机和杂物，家里的两台自行车就在衣帽间外放着。

左手边是开放式的书房，通往客厅，客厅的左边是厨房和饭厅，磨砂玻璃的半玻璃墙把厨房和客厅隔开，厨房的另一个门出来就是饭厅，整个结构是开放式的，有个不太大的阳台，我没见他们出去过。

整个摆设还像10年前，没有丝毫变化。儿时的玩具，墙上的飞镖，还是那台电视，还是那套沙发，唯一的感觉就是整个墙壁稍稍感觉旧了一点。还是那个灯光，你走进去，仿佛回到了10年前。除了孩子长大了，我们变老了，什么都没有变化。

刘哥很开心。以前的老朋友大都搬离了这座城市，大家都忙于生计，也没有多少人再回来看他。也有还在这个城市的，也渐渐地没有什么来往。孩子是我们在一起的纽带，孩子大了后，这个纽带就基本上断了。

刘哥还有其他的圈子的朋友，主要是中国人，他说和中国人有更多话题。好像最后也搬离了蒙特利尔。蒙特利尔是法语城市，许多中国人学成后都离开到安大略省或不列颠哥伦比亚省去工作了，那两个省工作机会更多。

斯坦福大学校园。漫步在斯坦福的校园，无限欣慰。我的女儿，在最好的年华，在国际名校，和勤奋好学的同龄人一起沉浸在知识的海洋，肆意挥洒青春，鲜衣怒马，意气风发，不负昭华。

我们把车停在公寓后面的停车场，是从后门进去的。加拿大的公寓不像中国这么明朗，一目了然，一眼能看得到头。上楼下楼挺复杂的，反正我是给弄得有点晕，这种公寓小偷能进得来，要想出去还真的不容易，就像国外的城堡，当然没有城堡离谱，总之是那种感觉吧。

刘哥在后院接我们，跟着他才能顺利到达家里。

刘哥有点兴奋，大部分时间都是他在说话。后来我先生对我说他肯定是憋坏了。儿子长大了，和他的话题反而少了，朋友也不太多。

这10年他的生活多了一项内容，就是陪儿子全世界去演出，然后就在那个国家旅游。他儿子的演出酬金早就足够他们旅游费用了。现在儿子长大了，可以自己去演出了，他打算以后就让他自己去，不再陪同。

这期间，他父母去住过半年，老头老太是比较开放的老人，爱玩、爱运动，性格开朗，身体很好。他的母亲是大学教授，有自己的律师事务所，80多岁了，还在电话指挥她的弟子干活。他还有个妹妹，他妹妹也是律师。

这是一个有思想有品位有层次的家庭，我有点疑惑，刘哥在这种家庭长大，又做过大生意，怎么能抽身就走，耐得住寂寞，甘愿住在加拿大，过着非常简单甚至可以说是孤寂的生活？每次我们有这种疑问，刘哥都是笑笑，不做任何回答。

我想到了《遥远的救世主》男主丁元英说的话，他说他在传统观念面前有自卑感，总觉得和它们格格不入，他就想找一个地方，没有主义、没有观念冲突，静静待着。以前没钱做不到，现在口袋有几个子了，可以了。

丁元英在事业顶峰时抽身而出，一个人在一个陌生的小城市里独住了两年。

这时候我似乎有些明白，但还是不明白。

有一次我先生有件什么事需要决定，考虑了各种因素，还是下定不了决心。于是向刘哥咨询，刘哥说："做任何事当你把可能发生的结果都考虑了个遍，想得太周密了，你绝对干不成这个事。你只要现在认为值得去做，就去做。"

现在我对刘哥这句话还是记忆犹新。我们无法判断未来会发生什么，所以现在所有的推断都是我们的猜测，它们可能发生也有可能不发生。你只要考虑了现状，认为它值得做，就行动。至于将来发生的事，再想办法处理。这个世界本来就没有完美的计划。就算你计划完美了，它就不会出错了吗？重要的是出现状况的时候怎么去解决。

刘哥是很睿智的人，他对很多问题有很多独到的看法，但从不激动。我们也在感叹时光易逝。一转眼孩子都长大了。

刘哥希望他儿子将来在大学任教，他说钢琴家能挣钱，但是大学老师更有地位，他儿子现在不缺钱，他希望他当教授，教授比自由职业者更受人尊重。他和我女儿倒是有很多话题。

以前刘哥就和我们说过，不管什么时候，你都要享受当下，等你将来一回头，你会发觉，今天才是最快乐的。

在加拿大的时候，我们都是穷学生，只有政府补贴的生活费。刚开始的时候经常坐着公交车，背着双肩包到超市买菜，就算是零下二三十摄氏度也一样。经常关注哪家超市打折了，哪家超市的肉便宜了。白天晚上还要去上课，还要带着孩子去学习。

后来我们有了辆二手车，生活变得方便了，圈子也更广了，周末会和朋友带着孩子一起外出郊游。那时候，大部分人都是租房住的，穷，但玩的很多，玩的很开心，无拘无束，非常快乐。

10多年后，我们再回到加拿大去见以前的老朋友，大家见面还是很开心。但却觉得少了点什么，少了肆无忌惮，少了那种冲劲，还是少了对未来的憧憬，还是少了随心所欲、自由自在？

刘哥怕孩子受委屈，一直没有再婚，他前妻每个月会从巴黎到蒙特利尔见孩子一面。孩子长大了，独立了，我问刘哥对将来有什么打算，还是自己住在蒙特利尔吗？

刘哥说，他培养孩子的任务完成了，会放手让他自己去生活。他开始考虑他的后半生了，他说可能会回国和父母在一起。孩子，就由他自己去闯了。

他是个很棒的父亲，以前为了孩子甘愿放弃很多东西，孩子长大后，潇洒放手。

今年初，他儿子在中国有巡回演出，上海有一站。遗憾的是，我和先生当时不在上海，我们完美地错过会面。之后一直没有联系，不知道他的近况如何。

智者，不一定是名人，但绝对是知道如何选择，如何放手，看破人生哲学，对生活有独到的理解，跟随自己的心去认真生活的人。

后记：刘哥的儿子在2021年获得了第18届肖邦国际钢琴比赛冠军

第二十五章

唐飞的故事

我们后来搬到了安省的石头城居住。就是在那里认识唐飞的。

唐飞和刘哥差不多大，也是北京人。他和刘哥某些方面很像，比刘哥更活跃，又很随和，老少通吃那种类型。

我开始称唐飞为飞哥，我先生说这个称呼有邪意。我只好再次称他为唐飞，有点不敬。

唐飞和太太年轻时候留学加拿大，后来留在了加拿大。也不知道什么原因，他太太加入了加拿大籍，他只拿了绿卡。他有中国护照和身份证，但没有中国户口。

唐飞的太太在石头城一所私立学校工作。他们俩是最早定居在这个小城市的华人之一，刚开始开了家当地最大的中餐自助餐厅，我们搬到那里的时候他们已经不再经营，转让给了另外一个华人继续经营。

他太太说餐馆挣钱，但是太累、太熬人，每天的日子就在餐馆，哪里都去不了，更别说享受生活了。他们毅然而然地卖掉了餐馆。

他们俩没有孩子。唐飞一般冬天在北京，他有个姐姐和母亲，都居住在北京。他太太是新疆人，夏天唐飞都会在石头城。

唐飞特别喜欢运动，打羽毛球、网球，游泳，骑自行车，钓鱼。他最爱的还是摄影。

他身体很好。即使是大雪纷飞的冬天，他都是一条短裤，套着一件羽绒服。偶尔看见他穿长裤，我们都觉得特别别扭，不太习惯了。

他年少时候跟随父母到新疆，所以他会做新疆菜。只要他在加拿大，都是他下厨。我们那时候也经常到他家蹭饭吃。他做的新疆手抓面很好吃。唐飞一高兴就会招呼我们到他家，给我们做一桌好菜，饭后再来一壶茶。他家阳台就对着圣劳伦斯河，河对岸是美国境界，我们在他家阳台上对着圣劳伦斯河，看货轮、邮轮来来往往，看人们在河上划船，开游艇，看遍枫叶红遍山头，看海鸥在河面上飞翔，和美国人隔岸喝茶。

唐飞家往下走有个小码头，好像属于他们家那排沿河的房子住户的。圣劳伦斯河中间有很多岛屿，那段水域称千岛湖。有些是私人的，有些是政府的，私人的未经允许不可靠近。上面有房子的或者有人住的都是私人的。

有一座小岛，我们称鸟岛，上面栖息了许多的鸟类。密密麻麻，看着都怕。有一段时间据说鸟太多了，政府还花了大力气去消灭了一些。但是个人是不允许捕捉这些鸟类的。

天气好的时候，唐飞会在凌晨四五点划着他的小船到鸟岛去拍小鸟。他是上不了岸的，就在船上拍那些鸟。

我们离开石头城后，我还是能从他的微信圈看到他去拍小鸟。他也拍湖水、朝霞、晚霞、雪、树木、大雁，有时候还见到他拍的狐狸。在北京的时候，他会走街串巷拍公园、故宫、王府井大街、画展、剧院，拍那些将要消失的老北京胡同。

有时候他也会凌晨和其他朋友去钓鱼，我们一般都会把船开到湖中心去钓鱼。在雾茫茫的早晨，湖中心，一个人坐在小游船上，真的像柳宗元的《江雪》描述的一样：

千山鸟飞绝，

万径人踪灭。

孤舟蓑笠翁，

独钓寒江雪。

加拿大人很习惯也适应独处，他们不觉得寂寞，反而心里很宁静、很享受。有时候，一天也钓不上一条鱼，那又怎么样呢？只要这个过程你喜欢，那就行了。

我先生很少能钓到鱼，他总说是因为自己六根不净，手上沾有鲜血，其实就是他杀过鱼、鸡鸭这些动物。

其实就是他的心不静。钓鱼是一种静心的活动，是一种修行。钓鱼的人静悄悄的，没有人交流，在思考，或者什么都不想。

加拿大有得天独厚的条件，环境好，鱼也多。钓鱼的人并不在乎是不是能钓上鱼，他们就享受这种独处。国内很多人也钓鱼，大部分人都在鱼塘钓鱼，他们在乎的是不是能钓上鱼了，能钓到多少了。

心态不同，关注的东西自然不同了。

唐飞特别喜欢种花草。他家屋前屋后，家里到处是花花草草。一到夏天，鲜花齐放，很是漂亮。他太太有时候抱怨，她的地位绝对不如他那些花花草草。

他很热心，他的邻居都非常喜欢他，家里有个什么修修补补的都会叫他。哪天他要回加拿大晚了，邻居都会向他太太打听他。

他不仅把家里花园弄得美轮美奂，还把邻居家的花园也承包了，他太太说他就是他们那排房子的园丁。唐飞倒是乐此不疲。

他家地下室放的全是他们俩从地摊儿淘来的宝贝。我曾问过他有没有找专家来评估过这些宝贝。唐飞一点都没有兴趣叫人去验证他淘回来的东西的真伪，经常没事就欣赏他的宝贝，只要是他喜欢的就行，他不在乎真假。

前两年听说他买了个旧房子，自己到家具市场买了材料装修好，租出去了。

唐飞年轻时候在国内开了两家公司，后来关了一家。听说现在只留了一家。生意不好不坏，只挣些生活费。他在北京和他母亲住在一起。

他40多岁的时候，有一次他妈妈对他说，叫他用点心，好好打理公司，不要天天游荡，年纪不大，身体又好，可以把事业做得更大，不要像退休老人那样悠闲。

唐飞把老太太拉到窗户边，指着大树下的一堆蚂蚁问他妈妈："您老知道这些蚂蚁忙忙碌碌是为了什么？就是为了一口吃的。我现在已经有了一口吃的，我用得着这么拼命吗？"

老太太被他噎得说不出话来，从此再也不过问他的事。

写到这里，有点怀念加拿大的简单生活了。

第二十六章

一个有艺术情结的商人

朱总是我交大的师兄。我们在学校并不认识，他比我高两届，和我先生是同一届的，他们俩在学校时候就认识。工作后也没有联系过，渐渐的就断了来往。直到我们回到上海他和我先生才重新联系上。那时候我还是没有认识他。

也不知道是从什么时候开始，我们大学的几个校友家庭才渐渐多了些来往。对他有了一些认识。

他和他太太开了一家建材公司，事业发展得不错。有个儿子在美国名校读博士。他是同届校友中结婚最早的，孩子生得也是最早，听说他太太是他的小学同学，属于青梅竹马那种。

所以其他人的孩子还在上幼儿园时候，他儿子已经上大学了。

他儿子很优秀，温文尔雅，很有才情，尤其是对中国国学很有悟性。对于这个，我是很嫉妒他们的，我们就没有给我女儿提供这种机会去接触国学，所以还是很遗憾的。

我们都称他为朱总，他太太为洪董，他太太姓洪。他说他是一切在太太的领导下，自然他是公司总经理，他太太是董事长。夫妻联手，生意做的风风火火。

朱总外表看着不太像生意人，他很儒雅，我刚认识他的时候绑着小辫子，留着山羊胡子，说话不急不慢，但很有哲理。他不爱运动，喜欢和朋友聊天，我有时觉得他在沉思，抽着烟慢慢思考，更像艺术家。

他很能喝酒，和我先生有时会相约一起喝一顿酒，他有烟瘾，一根接一根的，抽得很凶。大学毕业后，一直住在上海。我觉得他家有点像根据地，天南海北的同学、朋友到上海都会找他。他也很好客，很大方，有同学过来都是他张罗吃饭买单。

朱总是安徽人，我先生说他是曾经是安徽上海商会的会长，很热心。听说他还资助了农村老家的一所小学，是个非常有爱心的企业家。

朱总的太太是个女强人，负责公司大大小小的杂事。朱总呢，负责外联，主要和设计师、建筑师、酒店业大咖、房地产大咖还有些艺术人士打交道。我觉得他就是"披着羊皮的狼"，一个商人老是和一帮艺术类人士混在一起，其心可见。

后来我先生给我展示了他的书法。他的书法写得真的很好。他常常半夜起来写字，在办公室也有墨宝，经常随性书写。我先生会调侃说他是因为失眠。我倒觉得他有可能想静心。

我这才知道，原来他就是传说中那种商人中书法最好的，写书法的人中生意做得最好的。他是有艺术家灵魂的企业家。

我听说过这么一句话，没有酒的书法是没有灵魂的。古人常常饮酒作赋，对酒当歌，难怪他每每喝多了酒半夜就会狂练书法。

朱总有个展厅在上海最繁华的宜山路上，有点像以前法式放射性广场边的一栋建筑，整整三层楼，富丽堂皇，非常高档，他是做顶级瓷砖生意的，他太太经常谑称他们就是一搬砖工。从外面远远就能看到展厅的大招牌，整面墙，非常显眼。

他的办公室在展厅的三楼。整个办公室是开放的，除了里面他太太办公的那间是独立的。旁边是会议台，再就是给客人谈生意的沙发、茶几。

办公室里有一个茶台，他喜欢喝茶，平时都坐在茶台边。同学、朋友、客户过来找他的时候他会在这里泡茶给大家喝。办公室的墙壁上挂着他的书法，装裱得很好。

他的办公室和楼下展厅不太一样，很清雅，有书卷味。

有一阵子到市区，延安高架边上有个大招牌悬挂在一栋新楼上，上书"中国国学馆"。对于中国传统文化，我始终是心存向往的，对于有中国国学一技之长的人，我也是心存钦佩的。

所以当我看到朱总的书法的时候，我对他有了一种赞赏。爱好书法的人内心世界一定是非常丰富的，坚定而潇洒，学识一定是渊博、满腹经纶的，性格一定是坚韧不拔的。

这种优秀的素质是他事业成功的一个原因吧。

古人说字如其人，一个人的书法能够反映一个人的内心。我有时在想，朱总到底是更热爱做生意呢，还是更热爱写书法？我更愿意相信他心底有股能量，一股想要急切表现自己的能量。

做生意创造的财富可以让他有肆无忌惮地展示他的热情的平台，而书法会不会让他在物欲横流的商海里、浮躁的社会里保持初心呢？

有一阵子听说他有点迷茫，对现状，对目前有点迷茫，这是现在大多数企业家面临的问题。他会向他儿子请教，他儿子更像他的朋友，是研究经济的，有时候像他的心灵疏导师。

我这时候有一点点明白，他是商人，却让儿子去做学问、搞学术。看来做生意，累积财富并不是他的终极目标，他心底应该有个梦想。我们不知道的梦想。

我也有点明白他的生意为什么能做得这么成功了，会不会和家敏一样，用一种独特的方式和个人魅力让他的客户成为他的朋友进而心甘情愿和他做生意呢？

后来我听说他和几个艺术家朋友在杭州的桐庐开了家民宿。虽说是民宿，但很有艺术气氛，都是一些艺术家们建造和装修的。住在那里，可以享受乡村的慢生活，享受山水、乡野，享受一种世外桃源的生活。

我在想这个民宿是不是他们对自由、自然生活的寄托呢？

喜欢田园生活的都是向往随性生活的灵魂，艺术家的灵魂是狂热和孤独的。有人说想要了解艺术家的灵魂，就去亲近他的作品。朱总的书法是一定要欣赏的。

有一次我们一起吃饭的时候，他太太感叹说，他们也想活得轻松些，现在却是身不由己。我不知道她说这句话的真正想法，但我衷心希望他们在创造财富的同时不为世俗所累，随心所欲，自由生活。有艺术细胞的人的情感是丰富的，内心是狂热的，思想是自由的，他们也渴望自由，向往自由。